고장 난 할아버지

손녀 소울이가
말하고
할아버지 아타
받아쓰다

고장 난 할아버지

김아타 · 김소울 지음

맥스media

차례

머리글 … 8

첫 번째 • 만남

너는 누구니?

경지와 지경의 경계를 만나다 … 20
밥! 밥! 밥! … 26
바람의 마음 … 30
그림자 놀이 … 34
보살을 만나다 천사를 만나다 … 40
미안합니다 … 42
엄마가 마시면 어떡해 ! … 45
하얀 피 … 50
너는 누구니? … 54
할아버지 조심해서 가세요 … 58
장난하지 마! … 60
뛰고 싶어!! … 62
할아버지, 춤추어요! … 68
나팔꽃 이야기 … 69
집으로 가는 길 … 72
천 지 창 조 … 78
하지 않는 것 … 81

저기 할아버지가 간다 … 84
소울 픽처하다 … 86
한 번만 먹어봐요 … 94
부러진 의자 … 96
가족이 더 소중해요 … 98
오 셔 야 지 요! … 99
나는 바보다 … 102
내 마음이야! … 104

두 번째 • 의문

꽃이 너무 이쁘다.
그런데 넌 어디서 왔지?

꽃이 너무 이쁘다. 그런데 너는 어디서 왔지? … 108
할아버지 우산 써요 … 112
안경 써요~~~ … 114
아기로 만들어 오세요 … 118
착한 할아버지 … 119
화양연화 … 120
부산 할머니도 여주 할머니도 혼자 있네! … 122
회전목마 … 124
처음 전설 … 127
그놈 좀, 묶어 두세요 … 130
비타민을 먹고 마음을 진정시켜야겠다 … 131
세 살 버릇 … 132

구름 산책 … 133
할아버지는 왜? 머리가 없어? … 134
그냥 … 136
아무것도 안 보이잖아! … 138
파도, 춤추다 … 141
눈물이야! … 143
엄마 없어! … 148
할머니 뼈가 없어! … 149
화난 똥이야 … 151
할아버지 냄새나! … 156
기쁠 때 그리는 거야! … 158
비의 변주 … 160
나도 사색이 필요해 … 162
멍하다 … 164
가장 섬세한 아이 … 165
크레파스의 전설 … 166
거미는 왜? … 169
거~~ 참! … 170
또, 이사할 거야 … 171
사랑을 담은 병 … 172
세탁기가 얼었어! … 175
나에게 쓴 편지 … 177
평범하는 … 179

세 번째 • 관념 부수기

비가 물에 젖었네

짱돌의 추억 … 184
낮은 목소리 … 194
공감하는 일 … 196
보물 상자 … 200
모든 것을 상상할 수 있어~~ … 204
슬픔하다 … 209
비가 물에 젖었네! … 211
바람 먹다 … 216
기타가 나옵니다 … 219
할아버지 생신 축하해요 … 224
물 … 227
대화에서 졌다 … 228
사랑하는 일 … 234
다름에 대하여 … 236
엄마 사랑해요 … 244
검은 고양이 … 245
작네, 미니다 … 248
고장 난 할아버지 … 251
고장, 전설이 되다 … 255
뭐가 들어가서 고장이 났을까? … 261
인간이기 때문이다 … 264

책을 닫습니다 … 272

머리글

"할아버지 고장 났어!"

일곱 살 손녀로부터 야단을 맞았습니다.
크게 웃었습니다. 그렇게 통쾌할 수가 없었습니다.
60년을 더 살면서 내가 들었던 말 중에서
가장 쌈박하고 통쾌했습니다.
2019년 11월 16일에 있었던 일입니다.

이 책은 손녀의 이야기를 받아쓴 소소한 이야기입니다.
나는 손녀의 충직한 승지이자 사관입니다.
세상의 모든 엄마들이 경험했을 이야기입니다.
경험하고 있을 이야기입니다.
경험할 이야기입니다.
그리고 세상의 모든 할아버지 할머니들의 이심전심입니다.

부모의 자식 사랑만큼 크고 깊은 것은 없습니다. 바다보다 더 넓습니다. 우주의 크기로도 가늠되지 않습니다. 자식을 위해서는 목숨이라도 헌신짝 버리듯 합니다. 부모의 자식 사랑입니다. 그럼에도 세상의 애비는 바쁩니다. 바빠도 너무 바쁩니다. 자식을 먹여 살려야 할 가장의 위치입니다. 그래서 눈에 넣어도 아프지 않을 자식 사랑을 다 보듬지 못합니다.

할아버지 할머니의 시대는 다릅니다. 어림해서 60년을 더 살아온 사람들입니다. 60년은 대단합니다. 60년 넘게 산다는 것은 크게 한 순배를 돌아온 위치입니다. 저 멀리 까마득한 우주를 여행하지는 못하더라도 가까운 달 정도는 걸어서 가고 있을 위치입니다. 그래서 많은 것을 초월해 있습니다.

어느 날, 돌아보니 내가 그 위치에 있었습니다.

거, 참입니다.

내가 할아버지의 위치에서 손녀의 이야기를 받아쓸 것이라 상상하지 못했습니다. 나의 청춘은 영원할 것 같았습니다.

숭고하게 받아들입니다.

손녀를 만나면서 아들을 키울 때 보지 못했던 많은 것들이 보이기 시작했습니다. 재미를 넘어선 세계입니다.

추상적이던 행복이 선명해졌습니다.

세상의 모든 할~배들의 마음은 똑같습니다. 아이들의 세상도 똑같습니다. 그래도 세상의 모든 할~배, 할~매들은 제 손자 손녀는 특별하다 합니다. 내리사랑이고 제 눈의 블루스입니다.

그래서 똑같이 다릅니다.

눈이 큰 아이가 왔습니다. 울음소리가 대단했습니다. 복도에서 손녀가 세상 밖으로 나오기를 기다리고 있던 나는 "누군지 모르지만, 크게 될 아이다" 했습니다. 손녀였습니다. 손녀와 나는 그렇게 만났습니다.

손녀가 태어난 그날부터 나의 마음은 한순간도 손녀 곁을 떠나지 않았습니다. 하루가 다르게 성장해 가는 손녀를 보면서 완벽한 손녀 폐인이 되었습니다. 그리고 철들기 시작했습니다. 비로소, 이제는 철들었다고 자신 있게 말할 수 있습니다. 나를 철들게 한 것은 나의 성공도, 실패도 아닌 손녀입니다. 오롯이 손녀입니다.

손녀는 기품이 남다른 아이입니다. 기품, 품격, 품위, 품새, 다 맞습니다. 과한 표현이라 웃으면 안 됩니다. 나로서는 최소한의 표현입니다. 단 하루, 다이아몬드보다 더 영롱한 한 방울의 침을 흘렸습니다. 다음 날부터 그마저 거두었습니다. 그날 이후, 침 한 방울 흘리지 않았습니다. 엄마 젖을 먹을 때나 이유식을 할 때나 밥을 먹기 시작할 때나 한 톨 흘리지 않았습니다. 목소리는 밝고 맑았습니다. 들을수록 기분이 좋아집니다. 속이 환해집니다.

아이가 걸음마를 막 시작할 무렵, 내가 거실에 눕자 아~장~아~장, 어느새 베개를 가져와서 받쳐 주었습니다. 깜짝 놀랐습니다. 배려심이 가득한 아이입니다.

모든 할아버지들에게 모든 아이들은 갓GOD입니다.

나는 손녀가 특별한 기질을 가지고 태어났다는 믿음을 갖지 않습니다. 아이의 엄마도 아빠도 같은 생각입니다. 우리는 아이가 천재이거나 영재이기를 바라지 않습니다. 아이의 시대를 만끽하고 사람의 시대를 행복하게 살아가기를 바랄 뿐입니다.

손녀는 인류의 역사에서 가장 아름답고 건강한 유전자를 가지고 왔습니다. 사실은 모든 인간은 가장 오래된 씨 간장입니다. 미묘한 차이가 있을 뿐입니다. 손가락처럼, 나뭇가지처럼, 솔잎처럼 같으면서 다릅니다. 그래서 세상의 모든 아이는 위대한 창조주입니다. 야훼입니다. 여래입니다. 천사입니다.

나는 손녀가 내는 말 한마디도 놓치고 싶지 않았습니다. 사실 손녀의 말 한마디는 버릴 것이 없습니다. 아이의 생에 처음으로 하는 말이고, 나는 생에 처음 듣는 말입니다.

손녀와 하루를 보내고 나면 아내와 나는 선문답을 하듯, 손녀와 주고받은 이야기를 일주일을 더 되새김합니다. 오물오물 소가 되새김질을 하듯이 우리는 그것을 먹고 삽니다.

가장 훌륭한 보양식입니다. 나를 살린 특효약입니다. 내가 힘들어할 때마다 아내는 "소울이를 생각해요"라며 마치 자장가를 들려주듯이 손녀가 했던 말을 곱씹어 줍니다. 봄 눈 녹듯이 나는 순식간에 천사가 됩니다. 손녀의 힘입니다.

나는 손녀에게 살짝 다른 세상을 보여 주고 싶습니다. 모든 사람들이 정박을 가르칠 때 나는 가끔은 엇박자를 내고 싶었습니다. 아이의 시선에서 '고장 난 할아버지'로 남더라도 나의 자연을 그대로 들려주고 싶었습니다. 손녀의 맑고 자유로운 영혼이 오래 남아 있기를 바라는 마음이 커서 그렇습니다.

그래도 가끔은 염려가 됩니다. 개념 없는 할아버지가 너무 천방지축하는 것은 아닌지 말입니다.

나는 존재하는 모든 사물을 스승이라 생각하는 고루한 사람입니다. 선생先生은 나보다 생을 먼저 산 사람이지만, 사라져 간 추억 세포를 부활시켜 주는 것은 선생 너머의 일입니다. 손녀는 나를 돌아보게 하는 선생還生입니다. 스승입니다. 나는 손녀 앞에서 그대로 아이가 됩니다. 아이의 시대로 돌아갑니다. 그래서, 손녀를 만나는 날이면 나는 초월적 인간이 됩니다. 과거와 현재와 미래가 동시同時하는 초월자가 됩니다. 시도 때도 없습니다. 마음만 먹으면 언제든지 '백 투 더 퓨처' 합니다. 손녀가 나를 대단하게 만듭니다.

대책 없이 손녀와 많은 대화를 하였습니다. 손녀를 만나면서 세상을 다시 배웁니다. 밝고 순수한 손녀와 함께 참으로 감사한 시간을 보내고 있습니다.

세상 이치는 자유롭지 않습니다. 기-운-생-동하는 자연이 자유의 총합처럼 보이지만 완벽한 물리적 현상이듯이, 자연은 완벽한 구속입니다. 그래서 진리는 구속입니다. 평생을 세상 이치를 깨닫기 위하여 예술하는 사람으로 살아왔지만, 진리에 다가갈수록 진실로 구속으로 가고 있음을 알았습니다.

온전한 자유는 오직 아이의 위치에 있습니다. 아이의 시대, 순수의 시대가 오직 자유하고 진리하기 때문입니다. 그 시대가 무애의 절정임을 절감합니다. 손녀의 시대를 유기하는 것은 어떤 이유로도 면책할 수 없는 내 인생의 가장 큰 과오가 될 것입니다. 책으로 묶은 결정적인 이유입니다.

손녀가 태어난 지 일곱 해를 지날 무렵, 아내는 손녀와의 감동적인 순간을 글로 남기는 것이 좋겠다고 용기를 주었지만, 망설였습니다. 가장 큰 이유는 손녀의 동의였습니다. 아니 윤허를 받는 일이었습니다. 아님에 한 치 물러서지 않는 손녀의 성정을 잘 알기에 후환이 두려웠습니다. 어느 날, “왜? 나의 동의 없이 책을 냈느냐?” 손녀가 물었을 때, 내가 살았거나 죽었거나 할 말이 없을 것이기 때문입니다. 그래서 2년을 더 기다렸습니다.

"좋아!" 손녀의 윤허를 받았습니다. 손녀가 자신의 의사를 정확하게 말할 수 있을 때까지 노심초사했습니다.

온 지구인이 복화술사가 된 여전한 마스크 시대, 손녀는 그렇게 초등학교 3학년이 되었습니다. 손녀가 태어난 지 어느새 10년이 되었습니다.

영혼이 맑은 아이, 손녀가 그림을 그렸습니다. 말을 하였습니다. 할아버지 아타가 받아쓰고 토를 달았습니다. 내용이 길면 그냥 건너뛰셔도 좋습니다. 잠시라도 어른을 내려놓고 아이의 시대로 돌아갈 수 있으면 좋겠습니다.

2022년 천지가 진동하는 봄입니다.

고장 난 할아버지 김아타 아룁니다.

첫 번째 · 만남

너는 누구니?

경지와 지경의 경계를 만나다

일간지 기자가 나에게 물었다.

"컬렉션도 합니까?"

"최근에 대단한 그림을 샀습니다. 내가 만난 최고의 경지에 있는 작품입니다."

내가 본 그림 중 최고의 경지였다.

그림을 보는 순간, 나는 크게 웃었다.

캬~~~하, 의허야 디야~ 에헤야 디야~ 춤이 절로 나왔다. 그림은 나를 춤추게 하였다. 60년, 나의 예술 짓은 분명 저 지점으로 가기 위한 치열한 전투였다. 어제도 오늘도, 그 경지에서 박장대소하기 위해 죽기를 각오하고 고지전을 치른다. 거기가 완전한 자유지대, 대자유다.

22개월을 난 손녀의 그림이다.

아이들의 그림은 의식과 도식이 흉내낼 수 없는 본성과 본능의 향연이다. 무아의 경지이다. 22개월을 난 아이가 의식의 통제를 받으며 도식적으로 선을 긋고, 색을 칠하지는 않았다. 현대미술의 흐름이나 컬렉터들의 입맛에 맞는 그림을 그렸을 리는 만무했다. 나는 아이가 칠한 낙서를 그림이라 불렀다.

이렇게 자유로운 그림을 보지 못하였다.

그림은,

아이가 세상에 태어나서 처음 행한 본능의 짓이다.

그것은 낙서였다. 환칠이었다.

내 어린 시절, 아이들의 낙서를 '항칠'환칠'의 경상도 방언'이라 불렀다. 손녀의 그림은 까마득한 나의 환~칠의 시대를 소환했다. 시골집은 3~4년에 한 번씩 도배를 했다. 추석 명절이 다가오면, 밀가루로 풀을 쑤어 꽃무늬 벽지를 발랐다. 몇 년씩 묵은 환칠은 사방으로 연속된 꽃무늬 벽지 속에서 영원히 잠들었다. 손녀의 그림이 꽃무늬 벽지 속에서 화석이 되어 있던 세 살 터울 7남매 환칠의 시대를 깨웠다.

"벽에 똥칠할 때까지 살아서는 안 되는데!" 똥칠의 전설, 노망이

들어 벽에 똥칠할 것을 우려하는 노년의 독백이다. 어쨌거나 똥칠과 환칠은 비슷한 꼴이다. 둘 다 의식의 통제에서 벗어나 있지만, 성격은 알파와 오메가처럼 한참 다르다. 똥칠은 의식이 길을 잃고 무의식으로 가는 슬픈 해프닝이다. 환칠은 아이들의 예쁜 짓이다. 똥칠은 완벽하게 피하고 싶은 슬픈 현상이다. 인간은 환칠에서 그림으로 진화하여 꽃이 되었다가 의식의 경계에서 추방되어 똥칠로 생을 마감한다. "어쩌다가 이 지경이 되었나?" 똥칠을 위로하는 슬픈 연가이다.

환칠의 시대, 아이의 시대로 돌아가는 미시의 세계, 그 경계가 경지이고 지경이다.

예술의 역사가 된 예술가들도 그랬다. 생존하는 예술가들의 붓질도 결국은 이 경지에 이르기 위한 여정이다. 너도 나도, 모든 예술가들은 이 경지로 가기 위하여 사용 가능한 모든 경우의 수를 가져온다. 적당하게 선과 면을 배치하고 색을 발라 나름 완벽하게 계산된 그림을 그린다. 화면 곳곳에 마음을 사로잡을 비책을 숨겨둔다. 칸딘스키가 그렇고, 피카소가 그랬다. 채우고, 비우고, 덜어내고, 찢고, 부수고, 뿌리면서 그림했다.

열정 넘친 작가들은 추상을 넘어 절대 추상이라 이름했다. 나도 절대 하고 싶지만, 절대는 함부로 뱉을 말이 아니다. 더 이상 대상도 없고, 나도 없는 양망의 경지, 무아의 경지가 절대이다. 그래서 경지와 지경의 경계를 가늠하는 일은 제정신으로는 불가하다. 어른들은 의식의 끈을 놓아야 아이가 그린 환칠의 경지로 갈 수 있다. 하지만, 경계를 넘는 순간 벽에 똥칠하게 된다.

무아의 경지는 해탈과 열반의 경계를 나누는 것처럼 난해하다. 해탈의 경지는 열반의 지경에 있기 때문이다. 아무래도 제정신으로 해탈의 민얼굴을 만나는 일은 희망사항일 것이다. 원효의 화쟁도 무아의 경지에 이르기 위한 지랄이고, 몸부림이었다. 아이의 시대로 돌아가기 위한 투쟁이었다. 비로소 원효는 춤이 되었다. 환칠이 되었다.

손녀가 이 세상에 태어나서 처음 한 낙서를 보았다. 아들이 사는 집, 줄무늬가 있는 벽지 위에 남긴 크레용 흔적이었다. 충격이었다. 그것은 아이의 흔적이 아니라 마음대로였다. 몇십 년을 더 별짓을 다했지만, 내가 이루지 못한 지대였다. 경지였다.

벽지에 선명한 크레용 흔적을 보는 순간, 호기심이 발동했다. 작

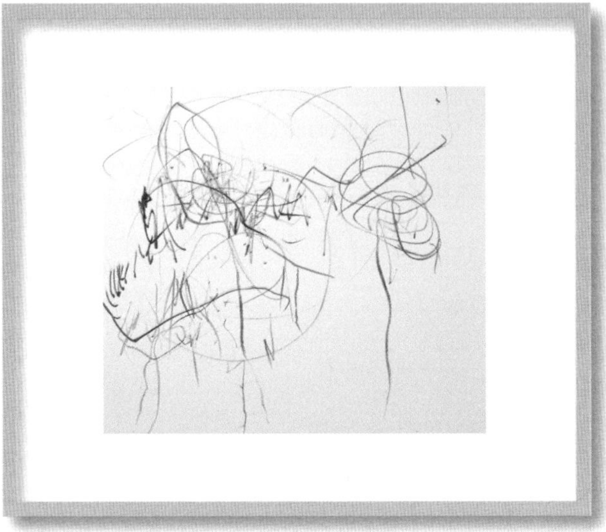

김소울, 태어나 그린 두 번째 그림.

업을 하기 위해 준비해 두었던 90cm 크기의 정방형 캔버스를 아들 집 벽에 세워 두었다. 손녀의 흔적을 담기로 하였다. 아흐레 남짓, 손녀는 왔다 갔다 하면서 내키는 대로 낙서를 했다.

거침이 없었다. 작은 망설임도 없었다. 긋고, 찌르고, 두드렸다. 그림을 그리는 아이의 마음속이 궁금하였지만, 헤아릴 길은 없다. 내가 만난 최고의 그림이 완성되었다. 손녀가 생애 두 번째 그린 그림이었다. 손녀를 대신해서 며느리가 캔버스 뒷면에 데이터를 남겼다. 나는 당장에 구입하였다. 오매불망, 나도 대단한 컬렉터가 되었다. 2015년 8월 7일이다.

며칠 뒤 아들이 이사를 하던 날, 손녀가 내 집에서 하루를 머물며 세 번째 그림을 그렸다. 그날 밤, 나는 꿈속에서 손녀의 그림과 놀다가 잠을 깼다. 새벽 4시였다. 손녀가 그리다 만 그림이 거실 벽에 비스듬히 기대어 있었다. 이른 새벽, 손녀가 남기고 간 그림은 경지에 대한 화두가 되었다.

까만 밤이 하얗게 되었다.

기분 좋은 아침을 맞았다.

자유는 자유라 말하는 순간 자유에 구속된다.

자유라는 프레임에 갇힌다.

완전한 자유는 해탈의 위치에 있다.

그러나 해탈의 경지는 정신 줄을 놓아야 가능하다. 맨 정신으로는 불가하다.

맨 정신으로의 해탈의 경지가 아이의 시대이다.

아이의 시대, 순수의 시대에서 오직 자유한다.

밥!
밥!
밥!

아들이 서울에서 경기도 분당으로 이사를 하는 날, 손녀는 우리 집에서 하루를 놀다가 저녁 무렵 아들 집으로 갔다. 상암에서 강변북로를 따라가다가 영동대교를 건넜다. 손녀가 태어나서 처음으로 아빠 엄마 곁을 떠나서 우리와 하루를 보내고 할아버지 차를 타고 가는 길인지라 낯설었다.

강변북로를 따라가면서 조용히 창밖을 바라보던 손녀가 "물이다!" 하더니 이내 "바다다!" 했다. 지난해, 아빠 엄마와 함께 다녀온 제주도 바다가 생각이 났던 모양이다. 손녀의 마음을 살피느라 조신하던 우리를 위로하는 것 같았다. 이런저런 세상 구경을 하면서 아들이 이사를 한 새집에 도착했다.

그런데 아-뿔-싸~~! 새로 이사를 한 아들 집에는 밥이 없었다.

배가 고픈 손녀는 어디서 그런 힘이 왔는지 식탁에 매달리며 몸을 공중부양시켰다.

밥! 밥! 밥!

밥을 달라 소리쳤다.

초침 단위로 움직이는 손녀의 배꼽시계를 미처 헤아리지 못했던 것이다.

며느리가 인근 아파트에 사는 친구에게 급히 SOS를 쳤다.

2015년 8월 17일의 일이다.

"밥 줘! 밥 줘! 나 밥 없단 말이야."
고슴도치가 철장을 두드리며 말했어요.
철장은 고슴도치가 두드릴 때마다 '덜컹덜컹' 흔들렸어요.
'쿵' 결국 철장이 책상 아래로 떨어졌지요.
그 소리를 들은 고슴도치 주인은 신기해하며 철장을
다시 책상 위로 올려놓았어요.
하지만 밥은 깜박하고 주지 않았지요.
"왜 나한테 밥을 안 줘~?"
고슴도치는 다시 철장을 두드렸어요.
'덜컹덜컹!'

바람의 마음

손녀가 차창 밖으로 손을 내밀어 두 손가락으로 바람을 집어 엄마에게 먹여 주었다. 아빠의 호주머니에도 넣어 주었다. 고사리 같은 손가락으로 바람을 집어서 엄마에게 먹여 주고, 아빠의 호주머니에 넣어 주는 풍경은 감동이다. 두 돌을 며칠 앞둔 손녀가 손가락으로 바람을 집었다.

하늘 맑은 9월, 손녀가 태어나서 처음으로 엄마 아빠와 함께 제주도 여행을 갔다. 차창 밖을 지나던 가을바람이 손녀를 불렀던 모양이다. 손녀는 바람의 마음을 가지고 있었다. 나도 섬세하다 자랑했는데 바람을 먹어 보지는 않았다. 바람을 먹는다는 것을 상상하지도 않았다.

손녀의 심성이 하도 고와서 눈물이 왔다.

존재하는 모든 것에는 마음이 있다. 바람이 그렇고, 바람이 아니라도 그렇다. 작은 돌에도, 나무 한 그루에도 있다. 바람이 곱고 따뜻하면 인간의 마음도 곱고 따뜻해지고, 바람이 세고 차면 인간의 마음도 세고 차게 된다. 부드럽고, 따뜻하고, 세고, 차고, 슬픈 것은 이미 인간의 본성에 있던 것들이다.

봄은 바람이 볼을 간지럽힐 때 오고, 마음이 싸해지면 가을이 왔음을 안다. 볼살이 감각하는 것 같지만, 실상은 눈에 보이지 않는 마음의 인사이드 아웃이다.

마음은 이미 상상할 수 없는 형상을 다 가지고 있다.

인간의 마음만 그런 것이 아니다. 바람의 마음도 그렇고, 비의 마음도 그렇고, 물의 마음도 그렇다.

존재하는 모든 사물에는 상상할 수 없는 마음의 수와 모양새를 가지고 있다. 그것들이 얽히고 설켜 관계하는 것이 세상의 참 모습이다. '풀이 눕는다. 바람보다 더 빨리 눕는다'라는 시에서 풀보다 먼저 눕는 것이 시인의 마음이다.

시인의 마음이 먼저 누워야 풀이 눕는 것이 보인다.

지구와 우주를 통틀어 인간의 마음만큼 정교하고 내밀하게 반응하는 것은 없다. 바이러스보다 더 빠르게 감염되고 빛보다 더 빠르게 반응하는 것이 인간의 마음이다.

아무리 과학이 발달하고, 컴퓨터의 연산 능력이 인간을 능가하더라도 그들의 빠르기가 인간의 마음을 앞서지는 못한다. 그것들은 시차가 있지만, 마음은 시차가 없고, 차원도 없다. 동시다발적이고 초월적이다. 이 순간에도 나는 안드로메다를 다녀왔다. 내친김에 블랙홀까지 가 본다. 요즘 세상, 우주 여행은 지구를 감싼 대기권 밖, 가까운 우주에 잠시 머물다 오는 대가로 엄청난 비용을 지불하지만, 밤이나 낮이나 한 푼도 지불하지 않고 내가 원하는 시간에 언제든지 블랙홀 너머로 갈 수 있는 것이 인간의 마음이다. 가늠조차 할 수 없는 시공을 무시로 산책할 수 있는 것이 인간의 마음이다. 상상계의 안과 밖을 동시할 수 있는 것이 인간의 마음이다.

가까운 곳으로 가보자, 그 겨울의 찻집으로 가자. 그곳에서 향좋은 커피를 마신다. 한 잔의 차가 식기도 전에 연분홍 치마, 그 화려한 봄날로 간다.

마음이 내키면 언제든지 어디라도 갈 수 있다. 차원을 초월하고 구상과 추상을 따지지 않는 것이 마음이다. 마음은 눈에 보이지 않고 손으로 잡을 수 없고 무게를 가지지 않고 계측이 불가능하지만, 인간을 움직이게 한다. 인간을 병들게 하고 살리기도 한다. 마음이 복잡하면 몸이 먼저 반응한다. 그래서 마음을 비우라고 한다.

마음을 비우는 것이 수행이다. 마음을 비우는 것은 불필요한 소프트웨어를 들어내면 컴퓨터의 속도가 빨라지는 것과 같고, 오랫동안 쌓여 있는 물건을 들어내면 집안이 넓고 밝아지는 것과 같다. AI보다 더 빠른 것이 인간의 마음이지만, 마음은 아날로그이다.

세상 모든 아이의 마음은 인간 본성의 민얼굴이다.

9월의 제주도, 부드러운 바람의 마음이 아이를 깨운다. 풀잎보다 먼저 눕는 것이 시인의 마음이듯이 바람의 마음보다 먼저 움직이는 것이 아이의 마음이다.

바람을 집어 엄마에게 먹여 주는 아이가 세존이고, 부처고, 천사고, 야훼의 참 모습이다.

2015년 9월 10일의 일이다.

그림자
놀이

첫돌을 한 달 앞둔 손녀가 파주에 있는 아울렛에 나들이를 했다. 아울렛 건물 사이를 연결한 구름다리 위에서 엄마 등에 업힌 손녀가 신이 났다. 하늘에서 그대로 내려온 따사로운 가을 햇살이 손녀의 손동작을 바닥에 내려놓았다. 태어나서 그림자를 처음 본 손녀는 이리저리 자기를 따라 움직이는 것이 신기했던 모양이다. 그림자를 따라 손을 흔들면서 그렇게 좋아했다.

손녀와 며느리가 신명나게 한판 그림자 춤을 추었다. 아내는 아이를 업고 한바탕 신나게 놀 줄 아는 며느리가 그렇게 보기가 좋았단다. 며느리는 속이 깊고 조용하지만, 손녀와 놀기에 거침이 없다. 둘은 그렇게 죽이 잘 맞는 모녀 사이다.

나는 스튜디오에서 손녀를 기다리느라 손녀의 그림자놀이를 보지 못하였지만, 그 이야기를 그냥 버릴 수가 없었다. 첫돌을 앞둔 아이가 그림자놀이를 하다니, 하도 대단해서다.

아이가 그린 그림자는 순식간에 사라지지만,

행위를 하는 순간의 정체는 사라지지 않는다.

영원하다.

그림자의 정체성은 행위의 주체가 돌을 앞둔 아이라 해서 작아지거나, 어른이라고 해서 큰 것은 아니다.

손을 닮은 그림자처럼 똑같다.

인간의 몸은 언젠가 자연으로 돌아가지만,

모든 인간의 흔적은 그림자로 남는다.

그것이 그 사람의 아이덴티티이다.

2014년 8월 22일, 그날은 손녀가 태어나서 처음으로 할아버지의 스튜디오를 방문하는 날이었다. 60년을 살아온 할아버지의 날것을 선보이는 날이다. 마치 내무사열을 받듯이 스튜디오에는 손녀에게 보여 줄 것이 도열해 있었다.

손녀는 기저귀를 찬 아이지만, 내가 상상하지 못하는 세상을 가진 대단한 인격체이다. 존중해야 할 이유는 넘쳐난다. 그날, 기저귀만 걸친 손녀가 넓은 스튜디오에서 마음껏 날개를 폈다. 벽에 걸려 있는 엄청나게 큰 사진을 가리키며 “어! 어! 어~!” 손녀가 할 수 있는 최고의 표현을 했다.

스튜디오 벽에는 얼음으로 만든 마오쩌둥이 녹아 가는 7일간의 여정을 네 컷으로 표현했던 엄청난 크기의 〈아이스마오〉가 걸려 있었다. 절대 권력의 무상함을 얼음으로 표현했던 작품이다. 그 작품은 2006년 6월, 세계 최고의 사진 미술관인 뉴욕 ICPInternational Center of Photography에서 동양인 최초로 개인전을 할 때, 뉴욕타임즈의 아츠섹션에 두 페이지에 걸쳐 소개되었다.

속된 말로 대서특필했다.

나를 인터뷰했던 홀랜드 커터Holland Cotter는 퓰리처상을 받은 대단한 라이터이다. 그는 나의 전시를 한 달 넘게 취재했다. 대충 하루 인터뷰를 하고 늦어도 일주일 내에 기사화되는 우리네 언론 지평과는 달라도 한참이 다른 그들의 자세는 인내를 넘어 존경심마저 들게 했다.

그리고 대단하게 썼다.

나의 상상 밖이었다.

〈아이스마오〉는 뉴욕타임즈 리뷰 다음 날 빌 게이츠Bill Gates가 한국인 작품을 최초로 컬렉션한 중요한 계기가 된 작품이다. 당연히 빌 게이츠의 컬렉션은 뉴욕타임즈의 리뷰가 결정적인 역할을 했다. 뉴욕타임즈의 리뷰는 이미 역사가 되기 때문이다.

문화 사대주의라 오해해서는 안 된다.

그들은 패거리하지 않고 오직 예술의 정체와 자존에 충실했다.

유니크함이다.

예술의 알파와 오메가는 유일함이다.

그런가하면 〈아이스마오〉는 베이징 천안문광장에 있는 인민대회당에서 열린 2007년 제5차 전인대를 촬영하기 위하여 중국 정부 당국에 촬영 허가를 신청했을 당시 큰 시빗거리가 되었던 작품이다.

이미 뉴욕타임즈 기사를 확보하고 있던 중국 정부는 나에게 "얼음으로 마오를 만든 것은 불순한 의도가 있는 것은 아닌가?"라며 얼음으로 마오를 만든 이유를 물었다.

"나는 마오주의자가 아니다. 하지만, 얼음으로 만든 마오가 녹아서 물이 되고, 기화하여 구름이 되었다가 비가 되어 다시 땅으로 스며 생명이 되는 것이 자연의 섭리 아닌가"라고 답했다.

이런저런 논란 끝에 중국 정부로부터 인민대회당 촬영 허가를 받았다. 이는 중국현대사에 현대미술 아티스트가 전인대를 작업한 최초의 사건이 되었다.

그날 중국 역사에 남을 사건이 있었다. 나는 개인이 땅을 사유할 수 있는 사유물권법이 처음으로 통과된 현장을 지켜보았다. 당시 후진타오 주석이 카랑카랑한 목소리로 3시간 동안 유인물을 읽어 내려가는 풍경을 보면서 큰 충격을 받았다. 가끔씩 뇌성 치는 소리가 들렸는데 그 소리는 2,700여 명의 대표들이 동시에 유인물을 넘기는 소리였다.

물론 모든 것이 사라지는 콘셉트의 장노출로 필름에는 뿌연 먼지 같은 흔적만 남았지만, 모든 것은 모든 것을 남기게 된다. 그것이 아이덴티티의 아이덴티티이다. 첫돌을 앞둔 손녀가 재미있게 놀이를 한 그림자의 정체와 다르지 않다.

하여간에 얼음의 결정은 참으로 영롱하고 아름답다.

얼음으로 지저스를 상징하는 십자가를 조각하거나 붓다를 조각하고, 현대사에서 상상을 초월하는 업보를 가진 마오를 만들었거나 얼음의 정체성은 달라지지 않는다.

그렇게 대단한 〈아이스마오〉를 보고 첫돌을 앞둔 손녀가 "어~~ 어~ 어~~~!" 했다.

김소울과 3대

그림자,

그림자 없는 존재는 없다.

모든 존재는 그림자를 남긴다.

그림자는 신도 삭제할 수 없다.

첫돌을 앞둔 아이가 그림자놀이를 했다.

보살을 만나다
천사를 만나다

며느리가 세 살 된, 손녀의 몸을 씻기고 수건으로 닦아 주고 있었다. 짧은 순간에도 깔깔거리며 장난을 치는 모녀는 그렇게 죽이 잘 맞다.

그때 손녀의 눈이 나와 마주쳤다.

순간, 손녀는 큰 소리로 환하게 웃으며 나에게 달려왔다.

불과 3~4미터 거리, 두 팔을 벌려 달려오는 손녀가 눈이 부셨다.

보살이었다. 천사였다.

그 눈부심을 표현할 수 없다.

보살을 만날 것이라 상상하지 않았다.

천사가 실재할 것이라 상상하지 않았다.

내 눈앞에 보살이 있었다.

천사가 있었다.

민감하기가 바람결 같아서

쉽게 마음을 내어 주지 않고 썸을 타던 손녀였기에,

며느리도, 아내도 깜짝 놀랐다.

감동적인 순간을 주체할 수 없었다.

아이는 그렇게 할아버지를 위로했다.

2015년 10월 15일,
보살을 만났다. 천사를 만났다.

미안합니다

"미안합니다."

두 돌을 갓 지난 손녀가 "미안하다" 했다.

손녀가 가지고 놀던 할머니의 작은 손가방을 쏟았다. 몇 개의 물건이 쏟아졌다. 작은 로션 샘플 두 개가 바닥에 떨어지면서 부딪치는 소리에 손녀가 놀랐다.

"괜찮다!"

손녀를 위로했다.

그런데 손녀가 두 손을 모으고 고개를 숙이며 정확한 발음으로 겸손하게 말했다.

"미안합니다."

어른들이 당황했다.

"아무 일도 아니야. 괜찮아."

정말 아무 일도 아니었다.

태어나서 처음 겪는 일에 손녀가 놀랐지만, 오히려 손녀의 겸손하고 진지한 모습에 어른들이 더 놀랐다.

아내는 "살아오면서 이토록 겸손하고 진지한 표현은 처음 들었다. 전율이 일었다. 말로 표현할 수 없다" 했다.

일요일, 손녀가 보고 싶어 아들 집이 있는 분당으로 갔다. 손녀가 감기 기운이 있다 하여 걱정이 되었는데, 현관을 들어서도 아이가 나오지 않았다. 아파트가 떠나갈 듯이 괴성을 지르며 달려 나와서 우리를 반기던 평소와 달리 손녀는 소파에 멍하게 앉아 있었다.

"밖에 나갈래?"

"싫어."

처음 보는 손녀의 반응이었다.

"할아버지가 서울에서 소울이 보고 싶어 왔는데 소울이는 반갑지 않은 모양이구나?"

손녀는 그날, 하루 종일 앉아 있었다.

"맛이 이상해."

먹기 싫어하는 감기약을 억지로 마시고는 약기운에 취했는지 길게 낮잠을 잤다. 오후가 되어서야 아이의 컨디션을 헤아리지 못하고 뱉은 말이 납덩이가 되었다.

그렇게 손녀와 하루를 보내고, 서울로 돌아올 무렵, 손녀는 우리와 헤어지는 것이 아쉬웠다. 늘 그랬듯이 할머니의 작은 물건을 가지고 놀면 우리가 조금이라도 더 머물 것이라 생각했을 것이다. 할머니의 손가방을 만지는 것은 그런 이유였다. 거기에는 늘 손녀가 좋아하는 작은 오브제들이 있었다.

집으로 돌아오는 길,
우리는 "미안합니다," "미안합니다," "미안합니다" 했다.
주님을 찾듯, 염불을 외듯, "미안합니다" 했다.
다음날도,
그 다음날도 밥보다 더 많이 "미안합니다"를 먹었다.
마음이 편했다.
"미안합니다"는 나의 노래가 되었다.

2015년 10월 18일이다.
미안합니다. 미안합니다. 미안합니다.

엄마가 마시면
어떡해!

“내가 할머니에게 갖다 드릴 거예요.”

손녀가 자기 가슴을 치면서 애절하게 말했다. 할머니의 가방 속, 작은 주머니에는 단맛 나는 초콜릿이 있었다. 그것은 어른들이 손이 떨리기 전에 먹는 군것질이었다.

손녀는 진작 알고 있었다. 그 초콜릿은 자기가 먹을 것이 아니라는 것을 알기에 손녀는 초콜릿을 입에 넣지 않았다.

손녀의 대단한 자기 절제이다. 무조건 입에 가져가는 것이 아이들의 본능인데 어떻게 그렇게 절제할 수 있는지, 어른들은 놀란다. 단내가 나는 초콜릿을 얼마나 먹고 싶었을까? 입에 넣고 싶겠지만, 손녀는 입으로 가져가지 않았다. 다만 할머니에게 가방을 건네주는 그 시간만이라도 만지고 싶었을 것이다.

“소울아 그냥 가방에 넣어 두지?”

그냥 가방에 넣어 두라는 나의 말에 손녀는 가슴을 치면서 말한다.

"내가 할머니에게 갖다 드릴 거예요."

가방을 가져가는 짧은 시간, 손녀는 초콜릿의 단내를 먹을 수 있다.

"소울이 거를 엄마가 마시면 어떡해?"

그날 오후, 며느리가 우유를 마시는 모습을 본 손녀가 말했다. 아무렇지도 않은 듯이 며느리가 손녀의 우유를 마셔버렸다. 엄마의 이름으로 간단하게 할 수 있는 일처럼, 그렇게 마셔버렸지만, 해서는 안 되는 일이었다.

"소울이 거를 엄마가 마시면 어떡해?"

하루가 더 지날 무렵, 손녀가 했던 말은 단순한 일이 아님을 깨달았다. 자기는 어른들이 시키는 대로 절제를 하는데, 엄마는 '왜? 약속을 지키지 않느냐?'라는 손녀의 항의였다.

단내 나는 초콜릿도 입으로 가져가지 않는 손녀이다. 할머니에게 가져가는 그 짧은 시간에 냄새라도 맡으면서도 입으로는 가져가지 않았는데 엄마는 자기의 우유를 마셔버렸다.

일초의 망설임도 없이 냉큼~~.

약속을 지키라는 말이다.
약속은 지키라고 있는 것이다.
약속은 어른들이 만들어 놓고, 어른들이 지키지 않으니
아이가 황당했을 것이다.
지켜야 할 도리에 관한 일이다.

여덟 살 소울이 생각, 둘

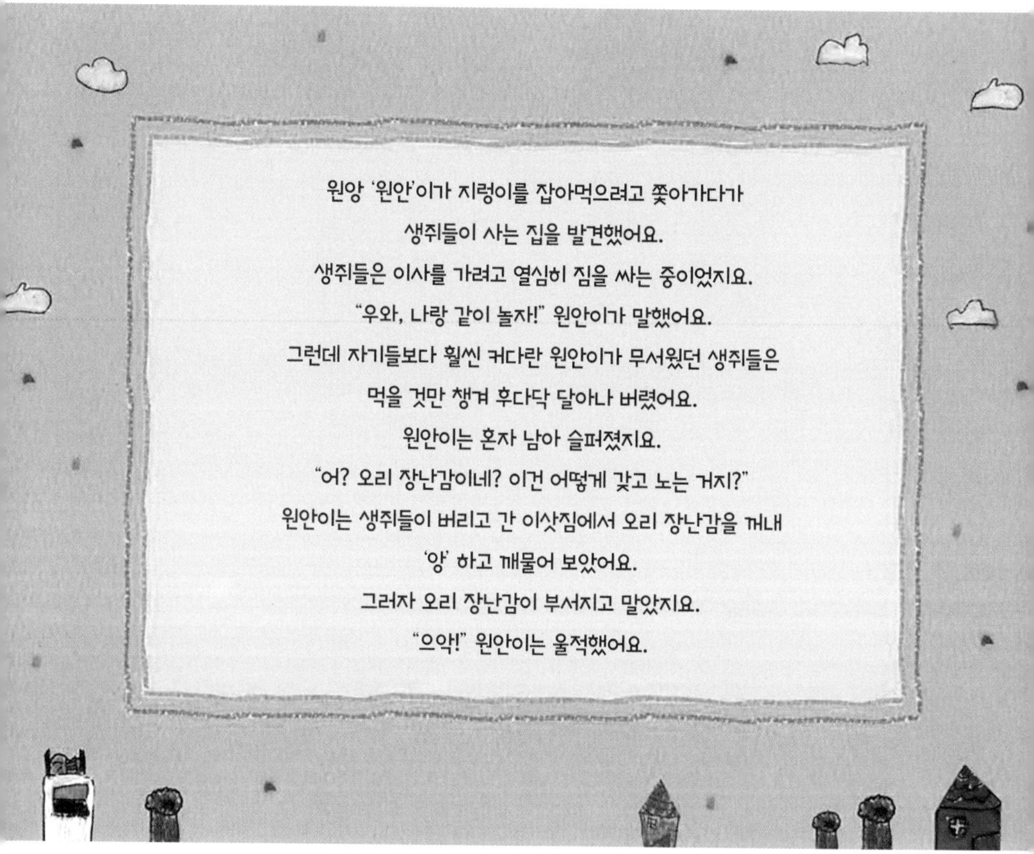
원앙 '원안'이가 지렁이를 잡아먹으려고 쫓아가다가
생쥐들이 사는 집을 발견했어요.
생쥐들은 이사를 가려고 열심히 짐을 싸는 중이었지요.
"우와, 나랑 같이 놀자!" 원안이가 말했어요.
그런데 자기들보다 훨씬 커다란 원안이가 무서웠던 생쥐들은
먹을 것만 챙겨 후다닥 달아나 버렸어요.
원안이는 혼자 남아 슬퍼졌지요.
"어? 오리 장난감이네? 이건 어떻게 갖고 노는 거지?"
원안이는 생쥐들이 버리고 간 이삿짐에서 오리 장난감을 꺼내
'앙' 하고 깨물어 보았어요.
그러자 오리 장난감이 부서지고 말았지요.
"으악!" 원안이는 울적했어요.

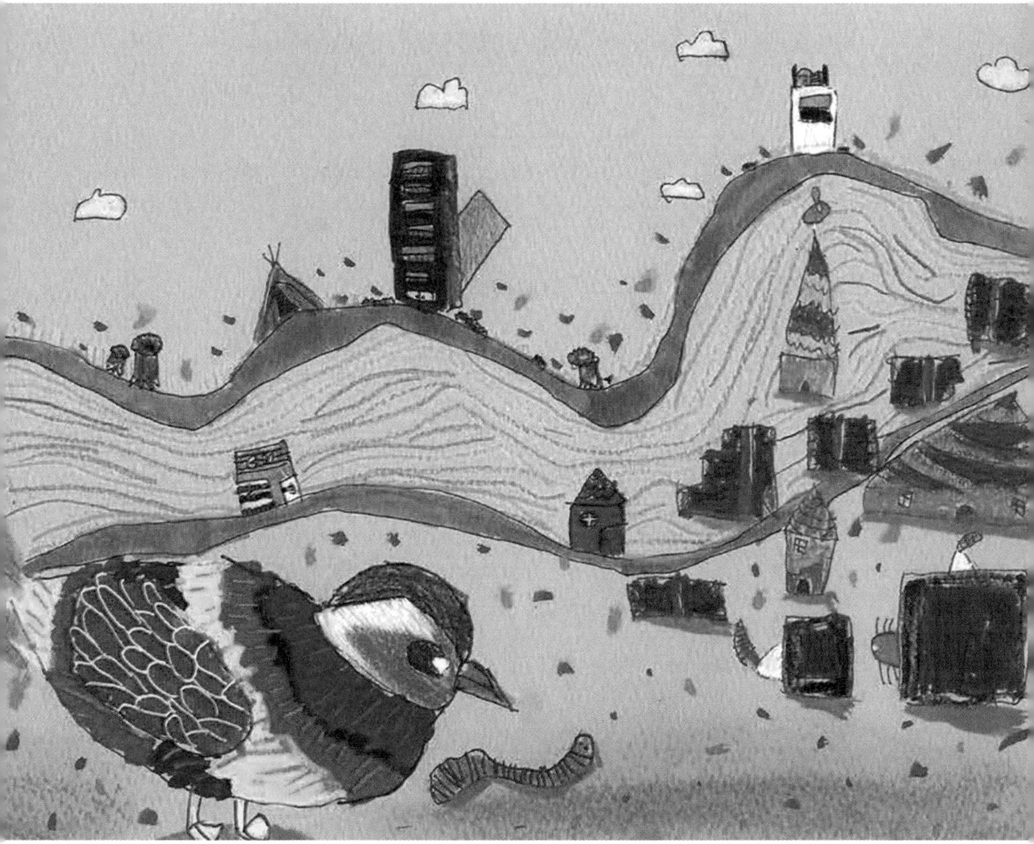

하얀 피

"할아버지! 피!"

"할아버지 피!"

"피~ 피~~ 피~~~!"

손녀가 기겁을 하며 말했다.

나른한 휴일 오후, 정신 줄 내려놓고 손녀와 놀다가 소파에서 깜빡 잠이 들었는가 싶었는데 손녀의 비명에 깜짝 놀라서 잠을 깼다.

"할아버지 피!"

손녀가 소리쳤다.

손녀는 고사리 같은 손가락으로 불과 3밀리미터 남짓의 짧은 내 머리카락을 붙잡기 위해 애를 쓰고 있었다.

자다가 아닌 밤중에 홍두깨를 맞은 것처럼 깜짝 놀란 나는 황당한 상황을 수습하느라 정신이 없었다.

손녀가 불안에 떨며 "피"라 할 때, 도대체 어디에 피가 난 건가? 나는 참으로 맹한 할아버지였다.

창을 넘어온 따사로운 겨울 햇빛이
짧은 나의 머리카락 끝에 찔려 파도처럼 하얗게 부서졌다.
손녀가 서 있는 위치에서
짧은 나의 머리카락에 역광으로 하얗게 부서진 태양 가루가
피로 보였다.
때로는 상상을 초월하는 눈썰미를 가진 손녀가
자지러지듯이 "피"라 할 때
나는 정말
피가 나고 있는 줄로 알았다.

"소울아 피 아니야, 할아버지 머리카락이야."

아내가 옆에서 손녀를 달랬지만, "피, 피!" 손녀는 여전히 작은 손가락으로 피를 닦기 위하여 안간힘을 썼다.

손녀는 기어이 짧은 내 머리카락을 잡았다.

"하얀 피,"

형용할 수 없는 무한 가변의 세상,

아이가 보는 세상의 모습이다.

하얀 피는

어른이 상상할 수 없는 세계다.

아이가 피라고 하면

그냥 피다.

며칠 전, 손녀가 감기 증세가 심하여 병원에 입원했을 때, 태어나서 처음으로 여린 손등에 주삿바늘을 꽂았다. 링거를 꽂은 후, 잠시 피가 역류하여 맑은 수액으로 갔다.

열은 빨강이 춤을 추는 것 같았다.

어린 손녀는 피를 처음 보았다.

빨강과 하양을 구분하지 못하는 아이의 세계에서 짧은 머리에 부서진 빛의 파편이 피가 되었다.

아이가 피라고 하면 그냥 피가 된다.

틀린 것이 아니다.

2015년 12월 6일,
내 정신이 통째로 날아간 날이다.

너는
누구니?

손녀가 태어나서 눈을 처음 만났다.

2016년 1월 1일 새해 아침, 밤새 하얗게 눈이 내렸다.

하얀 세상이 되었다.

아빠와 함께 밖으로 나온 손녀가 눈을 만났다.

"너는 누구니? 나는 소울이야! 아빠랑 놀러 나왔어."

애틋하게 가슴을 치면서 눈에게 자기를 소개하는 장면을 아들이 촬영을 했다.

참으로 아름다운 풍경이었다.

하얀 눈을 처음 본 손녀의 청아한 목소리는 감동이다.

눈과 대화하는 아이의 모습을 언어로 설명할 수 없다.

세상에는 언어로 설명할 수 없는 일이 너무 많다.

그냥! 보고 또 보고, 수십 번을 다시 본다.

"너는 누구니?

나는 소울이야!"

여덟 살 소울이 생각, 셋

아기 판다 '레시'는 집 앞 나무에 앉아
나뭇가지에 그림을 그리며 놀고 있어요.
어린이집에 가서 친구들이랑 놀고 싶은데 아직 갈 시간이 안 되었거든요.
그래서 나뭇가지에 눈이랑 입을 그려서 친구를 만들고 있어요.
코는 그리기 어려워서 안 그렸지요.
레시가 나뭇가지에 그림을 다 그리고 말했답니다.
"넌 이름이 뭐니?"
그리고 나뭇가지인 척하며 대답했지요.
"내 이름은 나뭇가지야~."
레시가 나뭇가지를 꼭 안아 주었어요.

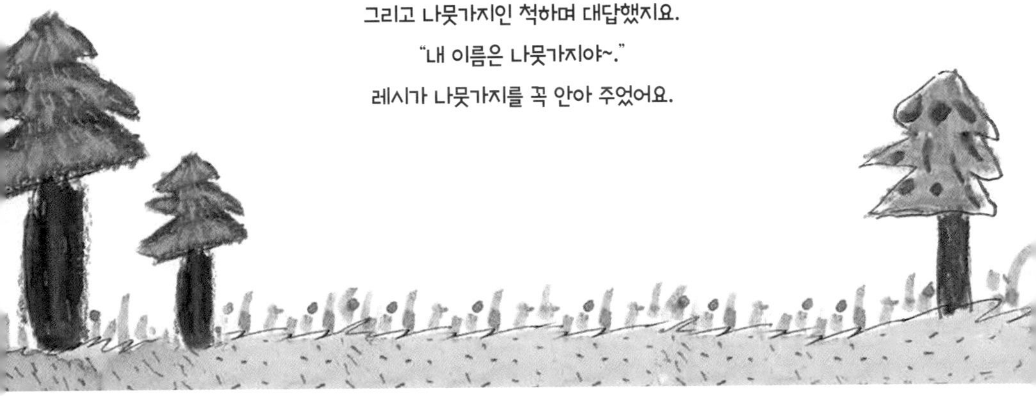

할아버지 조심해서 가세요

2016년 1월 24일, 손녀와 하루를 함께 놀다가 헤어져야 할 시간, 아파트 현관문을 나설 때다.

"할아버지! 조심해서 가세요."

둘의 합이 백을 넘긴 지 오래인 할아버지 할머니에게 네 살 아이가 조심해서 가란다.

"할아버지 조심해서 가세요."

"할아버지 조심해서 가세요."

"할아버지 조심해서 가세요……."

한 걸음에 만 번을 되새김질 한다.

장난하지 마!

난감한 표정으로 손녀가 말했다.

“할아버지 장난하지 마!”

손녀가 할머니와 함께 그림책을 보면서 동물 이름을 말하고 있었다. 할머니와 함께 재미있게 노는 모습을 보고 있던 나의 장난기가 발동했다.

악어를 보고 악어라 말하는 손녀에게, “아니야! 코끼리야” 했다. 손녀는 다시 “아니야, 악어야!”라고 했고, 손녀의 말을 받아 웃으면서 나는 “아니야! 코끼리야!”라고 하자, 몇 번 실랑이를 하던 손녀가 매우 난감한 표정을 지으며 “할아버지 장난하지 마!” 했다.

깜짝 놀랐다.

"장난하지 마!"

태어나서 처음 듣는 말이었다.

나는 진중하기로 소문난 아이였다. 세상 고민을 혼자 다 하는 아이였다.

그런데 손녀에게 천덕꾸러기가 되었다.

"장난하지 마!"

손녀의 훈계를 들으며 아내와 크게 웃었지만, 집으로 돌아오는 길에 여지없이 반성거리가 되었다.

나는 손녀가 처음 겪었을 난감함을 헤아리지 못한 개념 없는 할아버지가 되었다.

2016년 2월 22일이다.

뛰고
싶어!!

"뛰지 마!"

"뛰면 안 돼!"

안 돼~~~~, 안 돼~~ ~~~~~~ ~~~~~~~~~~,

안 돼! 안 돼~~~~~~~~~~~~~~~~~~.

아이가 "안 돼," "안 돼" 세상에 살고 있다.

"뛰고 싶어!"

손녀가 엄마 품으로 파고들면서 울먹인다.

어린이집에서 마음대로 뛰어놀다가 오후에 집으로 돌아온 손녀가 노래를 부르며 뛰어놀자 며느리가 주의를 주었다.

"소울아! 뛰면 안 돼! 밑의 집에서 올라온다."

며느리는 매우 조심스럽게 주의를 주었지만, 손녀는 금세 시무룩하여 엄마 품으로 달려가 닭똥 같은 눈물을 흘린다. 하루에도 몇 번을 반복하는 풍경을 지켜보는 어른들의 마음은 아파서 아예 숨이 막힐 지경이다. 어른은 아이에게 뛰지 말라는 말을 입에 달고 산다. 아이는 그때마다 마음대로 놀고 싶은 본능을 억제해야 한다.

아이가 마음대로 뛰어놀 수 없는 세상이다. 어른들의 눈치를 보면서 살~금, 살~금, 인내하고 절제해야 한다. 대부분 아파트에서 생활하는 현실에서 위아래 집 간의 소음 문제는 손녀에게도 직접적인 영향을 미치고 있었다. 기품이 있고, 품위가 있는 아이! 섬세한 아이! 손녀가 받을 심리적인 영향을 생각하니 마음이 답답하고 아프다.

지킬 것이 많은 사회를 '엄격한 문화'라 한다. 마음 가는 대로 편하게 살 수 있는 사회를 '느슨한 문화'라 한다. 당연히 엄격한 문화에서는 창의적 사고가 줄어들고, 느슨한 문화에서 창의력은 증가한다. 창의력이 증가한다는 것은 인간의 행복지수가 증가함을 말한다. 행복지수란 인간이 인간답게 살 수 있는 자연스러운 가치 기준이다.

아이의 본능은 마음대로 뛰어노는 일이다.

그것이 아이들의 유토피아이다.

정신과 의사인 앨런 로퍼Allan Ropper교수는 '우리 사회에서 지킬 것이 많다고 생각하느냐?'라는 질문을 주면서 지킬 것이 많다고 생각하면 6점에 가까운 점수를 주고, 그렇지 않다고 생각하면 1점에 가까운 점수를 주는 방식의 연구를 했다. 그 결과, 지킬 것이 많지 않은 사회, 즉 느슨한 문화를 가진 나라의 국민들이 창의력이 뛰어났으며 국민의 행복지수 또한 증가한다는 결론을 얻었다고 한다. '반 시계 방향counterclockwise' 이론이다.

"지킬 것이 많다고 생각하느냐?"라는 질문을 우리에게 대입하면 대단한 성적이 나온다.

엄격한 문화 기준으로 볼 때, 불행하게도 아! 대한민국은 OECD 국가 중에서 마지막에서 5위를 차지한다. 그나마 5위라 다행스럽다고 생각할 수 있겠지만, 나머지 1위에서 4위를 한 나라들은 종교적으로 지켜야 할 엄격함이지, 문화적인 엄격함은 아니었다. 이를 알고 나면 결론적으로 전 세계에서 가장 엄격한 문화를 가진 슬픈 대한민국이 된다.

"뛰고 싶다"라고 말하는 아이의 본능을 억제하는 것은 가장 원초적이고 일차원적인 본능이 발아할 기회를 억제하는 일이다. 안

타까운 사회 현상이다. '반 시계 방향 이론'을 간단하게 살펴본 것은 그 나라에 순수 예술가가 단위 면적당 혹은 인구 비례에 따라 몇 명이 살고 있는가를 확인하면 간단해진다.

불행인지, 다행인지, 나는 평생을 느슨하게 살아왔다.

내가 하고 싶은 대로 살아왔다는 말이다.

그렇게 사는 것이 자연의 법에 충실한 일이라 생각했다.

그것이 나의 자연이라 위로했다.

평생을 아티스트로 살아온 나의 삶이 긍정적인 의미로는 느슨한 문화로 창의적인 삶을 살아왔지만, 부정적인 의미로는 사회 현상에 순응해야 할 가장으로서 무책임했다는 간단한 결론에 이른다. 이상만을 좇아가는 비현실적인 행위들이라 해도 틀린 말은 아니다.

한심한 독백이지만, 분명 그렇다.

나는 욕심이 없는 아이였고, 여전히 철부지 어른이었다. 땅에 대한 소유와 집에 대한 욕심도 시쳇말로 1도 없었다. 이제 안다. 욕심이 없는 것은 순수함이 아니라 지혜롭지 못한 짓임을 긴 나이가 되어서야 깨닫는다.

지혜롭지 못한 할~배를 철들게 한 것은 어린 손녀였다.

손녀가 나를 철들게 했다.

좁은 땅에서 많은 사람들이 켜켜이 포개어 살아야 하는 우리네 환경을 생각하면 아이들이 본능대로 뛰어놀 수 있는 문화가 만개할 날은 쉽게 올 것 같지가 않다. 손녀가 마음대로 놀 수 있는 환경을 미리 만들지 못한 못난 할~배를 자책한다.

지켜야 할 룰을 지킨 사람이 오히려 손해를 보고, 지켜야 할 룰을 지키지 않고, 부정의하고, 부조리한 인간 군상이 권력과 부를 창출하고, 더 잘사는 기현상의 사회가 된지 오래되었지만, 그럼에도 불구하고 문화는 느슨해야 한다. 인간의 창의력이 결국 인간을 행복하게 하기에 인간답게 살기 위해서는 느슨한 문화가 정착되어야 한다.

지켜야 할 룰이 많다는 것은 건강한 사회가 아니다.

이제 말을 배우기 시작하는 아이에게 “하면 안 돼!”를 먼저 가르쳐야 하는 나라에서, ‘괜찮아! 무조건 괜찮아! 괜찮아! 뛰어도 돼! 돼! 다, 괜찮아! 쾌지나 칭칭 하는 사회’가 되어야 한다.

나는 밤마다 마당 넓은 집을 짓고,

손녀가 좋아하는 것들로 채운다.

그리고 손녀와 춤을 춘다.

날마다 춤을 춘다.

슬 로 우~~~~ 슬 로 우~~~ 퀵 퀵~~~~!

2016년 2월 11일, 내가 철드는 소리가
천지를 진동해서 잠을 이루지 못하는 날이다.

할아버지,
춤추어요!

꿈을 이루었다. 세상에서 가장 행복한 꿈이다.

손녀와 춤을 추는 꿈이다.

"할아버지 손잡고 춤추어요."

세 살 난 손녀가 처음으로 춤추자 했다. 나는 손녀와 춤을 추었다.

신이 나서 하늘로 날아올랐다.

정신 줄 내려놓고 무아의 경지에서 손녀와 춤을 추었다.

그해 어느 날, 나는 안소니 퀸이 되고, 손녀가 젊은 청년이 되는 날, 희랍인 조르바처럼 우리는 멋진 왈츠를 출 것이다.

2016년 5월을 기념할 것이다.

렛츠고 댄스~ 댄스~~!

이보다 더 좋을 수 없다.

나팔꽃 이야기

손녀가 화분에 물을 주고 있었다.

“아버님! 소울이랑 나팔꽃을 심었어요.”

며느리의 목소리가 맑고, 고왔다. 장난감 같은 작은 화분에는 여린 떡잎이 자라고 있었다. 며느리가 손녀와 함께 심었다고 했다. 부드러운 흙을 만지며 조심스럽게 물을 주고 있는 손녀의 표정이 그렇게 진지할 수가 없다.

꽃을 심고, 물을 주고, 꽃이 피는 풍경을 직접 체험하는 것은 대단한 일이다. 아름다운 일이다. 내일 아침이면 나팔꽃은 손가락 마디 하나는 더 자라 있을 것이다. 열흘이 지날 무렵이면 손녀의 키만큼 자랄 것이다.

휴일 아침, 행복하고 평화롭다.

내 어린 시절, 우리 집은 사시사철 꽃이 피었다. 둥근 장독대를 따라 만든 작은 정원에는 엷은 잎 사이로 순백하던 사월의 난초가 고개를 숙일 무렵이면, 모란이 오월의 장독대를 붉게 물들였다. 그렇게 농염했던 모란이 질 무렵 피는 프러시안보다 엷은 수국은 하늘이 그대로 내려앉은 것 같았다. 그 푸름이 좋았다. 가을걷이가 끝날 무렵의 어느 날, 돌담은 나팔꽃으로 가득했다. 가을따라 나팔꽃마저 사라지고 나고 겨울은 그렇게 앙상한 줄기로만 남았다.

나는 "나팔꽃 어디로 갔느냐?"라고 아버지에게 물었다.

장독대를 둘러 꽃밭을 만들어 사계절 내내 꽃이 피게 했던 아버지셨다.

나는 꽃을 보고, 물을 주고, 빨강과 파랑과 푸름을 보았다.

아버지의 사랑을 독차지했다.

작은 꽃밭은 초등학교 선생이셨던 아버지의 유토피아였다.

나는 그곳에서 세상을 배우기 시작했다.

"왜? 같은 흙에서 다른 색이 나오지?"

의문은 단순했다.

손녀가 나팔꽃을 심었다.

가수 누군가는 인간이 꽃보다 아름답다고 매번 울면서 노래했다. 인간이 꽃보다 아름다운 이유는 꽃의 아름다움과 공명할 줄 알기 때문이다. 사과나무를 존중하고, 천상의 맛을 알고, 숲의 본성을 헤아리기 때문이다. 인간이 꽃보다 아름다운 것은 자연의 본성과 공명할 줄 알기 때문이다.

2주가 지날 무렵, 나팔꽃은 몰라보게 자랐다. 여린 나팔꽃 줄기가 빛을 따라가는 모습은 환상적이다. 나팔꽃 따라 손녀의 마음도 날갯짓 한다. 여린 손가락이 나팔꽃 줄기를 스치는 순간은 드라마틱하다. 인간의 역사, 우주의 역사에서 다른 두 세계가 만나는 일은 실로 위대하다.

네 살 손녀가 우주와 접속하고 있었다.
나팔꽃은 태양을 먹으며 마음이 가는 대로 자랄 것이다.
손녀는 나팔꽃 향기 따라 화려한 네 살을 보낼 것이다.

2016년 4월, 화려한 손녀의 봄을 축복한다.

집으로
가는 길

집으로 가는 길은 세상에서 가장 익숙한 길이다. 집으로 가는 길은 언제 들어도 정감이 넘친다. 그 길은 마음이 바쁘다. 내가 쉴 수 있는 가장 완벽한 공간, 집이 있어 그렇다.

영화는 집으로 가는 길을 담아내기에 가장 이상적인 매체다. 오래 전, 중국 사람 장예모가 만든 영화 〈집으로 가는 길〉은 흑백과 칼라를 오가며 과거와 현재를 반전시키는 묵직한 서정을 담아낸 수작이다. 영화가 그려내는 영상은 언제나 실상보다 더 아름답고 애잔하다. 그러나 한 편의 영화가 아무리 인간의 서정을 잘 그려내고 한 권의 책이 인간의 감정을 잘 직조한다 해도 실재하는 것은 아니다. 영화와 글이 가진 추상적인 이미지는 인간의 감정선을 건드리기에 매력적이지만, 허구를 잘 다듬어 놓은 모양새이다. 사람들은 환영임을 알면서도 영화를 보며 눈물을 흘린다.

손녀를 만나러 가는 날이 다가오면 우리는 전날 저녁부터 마음이 설렌다. 날이 새자마자 아침을 먹는 둥 마는 둥, 길 떠날 채비를 한다.

그 사이에 아이가 얼마나 자랐을까?

어떤 말로 우리를 놀라게 할까?

어떻게 우리를 반겨 줄까?

상상한다.

하루가 다르게 재미난 세상을 만들어 가는 손녀를 보는 일은 까마득한 우리의 과거를 회상하는 일보다 더 익숙하고, 반가운 일이 되었다.

네 살 초입에 든 손녀는 대단한 매력을 가진 아이이다. 태어난 지 한 달 무렵부터 엄마 품에 안겨 기차를 타고 부산에 있는 외갓집 나들이를 갈 때도 한 번도 보채지 않았단다. 마치 엄마를 배려하는 것 같았다. 그렇게 아이는 기품이 있었다.

두 달 전의 일이다. 며느리가 손녀에게 야단을 쳤단다. 한참을 울고 난 손녀는 슬며시 다가와서 아무 말 없이 엄마의 손을 꼭 잡고 한참을 있었다고 했다. 엄마의 마음을 위로할 줄 아는 속 깊은 아이였다. 며느리의 말을 전해 들으면서 우리는 감동했다. 그 다음부터 며느리는 손녀에게 큰 소리로 야단을 치지 않았다. 며느리는 그래야 된다는 것을 깨닫게 되었다고 했다. 참으로 고맙고 사랑스러운 일이다. 어른이 아이를 보살피고 아이가 어른들을 깨닫게 한다. 손녀가 하루가 다르게 자라는 모습을 본다는 것은 우리 모두에게 행복이고 축복이다.

집으로 돌아온 손녀가 맛있은 낮잠을 자고 깨어나서 할머니 품에 안겨 있을 때, 나는 등뒤에서 조심스럽게 손녀의 새끼손가락을 만진다. 손녀는 고개를 돌리지 않고, 손가락 끝을 꼼지락거리며 할아버지와 정을 나눌 줄 안다. 작은 손가락 끝을 꼼지락거리는 손녀는 참으로 섬세한 아이다.

일 년 전에 살았던 집에서 있었던 작은 일들마저 오롯이 기억하는 아이, 하루 종일 우리와 놀다가 저녁이 되면 결국 집으로 돌아가야 하는 할아버지와 할머니에게 "할아버지 이제 집에 가도 돼!" 라고 배려할 줄 아는 아이가 손녀이다. 얼굴을 마주하지도 않은 채, 자신이 하던 일을 계속하면서 고개를 숙이고 "집에 가!" 한다. 처음 들으면 냉정하고 섭섭하지만, 아이가 우리를 배려하는 말이다. 헤어지기 싫어서 하는 말이다. 하루 종일 자기와 놀아 준 것을 고맙게 생각할 줄 아는 아이의 속마음이다.

집으로 가는 길,

늦은 시간, 집으로 돌아오면서 우리는 하루를 되새김질한다.

손녀를 만나고 돌아오는 길이면 습관처럼 하는 일이다.

그 일이 그렇게 즐겁고, 행복해서 그렇다.

레일 위에 장난감 기차를 올리면서 "집에 가야지!" 말하는 손녀를 상상한다.

2016년 4월 2일, 여전한 토요일이다.

여덟 살 소울이 생각, 넷

코카투 '샐리'가 새장에서 먹이를 먹다가 배가 불러서 트림을 했어요.

"꺅!"

그 소리를 들은 주인이 갑자기 새장 문을 열어서

샐리는 창문 밖으로 나가 날아다니며 운동을 했지요.

잠시 후 샐리가 집으로 돌아가려고 했는데 창문이 닫혀 있었어요.

발톱으로 창문을 두드려 봐도 주인은 나오지 않았지요.

샐리는 한 달 동안이나 집에 들어가지 못하게 되었어요.

"아, 배고프다, 집에 들어갔으면 좋겠다"

라는 생각을 하고 있을 때, 주인이 창문을 열었어요.

샐리는 '기회다' 싶어서 얼른 새장 안으로 날아 들어갔어요.

"휴~ 살았다. 이제야 밥을 먹을 수 있겠네, 역시 집이 최고야!"

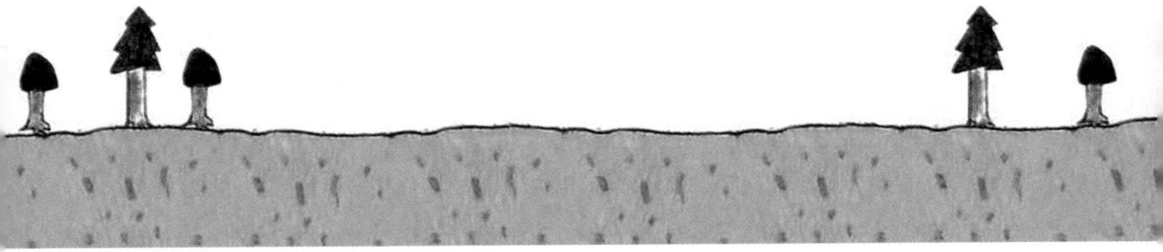

천지
창조

네 살로 가는 올해는 손녀에게 힘든 시기이다.

미운 네 살이다.

우리네 미운 일곱 살이 진화를 했다.

자의식이 형성되는 시기는 일생에서 매우 중요한 시기이다. 하루에도 몇 번씩 생트집을 잡고 떼를 쓴다. 아이에게는 생애 처음 겪는 전쟁 같은 상황이지만, 어른들은 황당하다.

철 지난 바닷가를 걷듯, 자신의 일곱 살을 까마득히 잊었기 때문이다.

며칠 전, 어린이집으로 가는 짧은 여정에 한바탕 전쟁을 치렀다.

"아버님! 소울이가 땅에 드러누울 줄 몰랐어요."

며느리의 이야기를 들으며 크게 웃었지만, 나 역시 침이 마르도록 기품 있는 아이라 자랑한 손녀가 길에 드러누워 땡~깡을 부렸을 것이라고는 상상하지 못하였다. 얼마 전, 아내와 나는 도로변에 드러누워 땡~깡을 부리는 손녀와 비슷한 또래의 아이를 보면서 누가 먼저라 할 것 없이, "울 소울이는 기품이 있는 아이라 저렇게 할 아이가 아니다"라고 했는데 공염불이 되고 말았다. 그러나 아이들의 자의식은 길바닥에 드러누워야 제대로 본색이 드러난다.

땡~깡은 팡파르다.
축복할 일이다.
자의식의 발아는 거침이 없어야 한다.

"인간은 원숭이도, 암소도, 나무도 아니다. 나는 하나의 인간이다. 그런데 인간은 도대체 무엇이란 말인가?"

평생을 인간의 무의식을 연구했던 칼 융Carl Jung은 고백했다. 융은 그의 나이 여든이 넘었을 때, 네 살 때의 꿈을 기억하고 있었다. "나의 생애는 무의식의 자기실현의 역사다"라는 융의 말대로 자기실현은 수십억 년 잠자던 의식을 배 밖으로 내어 놓는 일이다.

자의식이 발아하는 미운 네 살은, 이른 봄날 순식간에 새싹이 돋고, 생명들이 천지를 진동하는 것과 같다. 하늘과 땅이 만나는 일인데 스파크가 있어야 한다.

미운 네 살의 땡~깡은 인간의 이름으로 세상과 만나는 순간의 스파크다.

장마철 천둥 번개보다 더 크게 울어야 한다.

배를 드러내고 제대로 천지를 진동해야 한다.

땡~깡의 네 살!

소울이 파이팅~~~~!

2016년, 잔인한 4월이다.

하지
않는 것

토요일!

손녀가 제주도 여행 다녀온 이야기를 듣고 싶어 아들 집을 찾았다. 손녀는 엄마와 외할머니와 함께 제주도를 여행했다. 외할머니의 심성을 빼닮은 손녀는 외할머니와 소중한 추억을 만들었다. 세 사람은 돌담을 쌓듯 아름다운 추억을 쌓았다.

거실을 왔다 갔다 하면서 툭툭 던지는 손녀의 여행담을 듣고 아들 내외와 함께 외식을 하기 위하여 나서는 길, 아파트 엘리베이터에서 있었던 짧은 에피소드이다.

손녀는 당연한 듯이 엘리베이터를 타자마자, 지하 1층 버튼을 눌렀다. 거의 오토매틱 수준이다. 그런데 우리는 1층 주차장에 주차했던 터라 1층에서 내려야 했다. “소울아, 1층에 내려야 한다”는 며느리 말에 손녀가 다시 1층을 눌렀다.

"지하 1층은 취소해야지."

손녀는 지하 1층 버튼을 눌러 취소를 했다.

"취소가 뭔지 알아?"

며느리가 손녀에게 물었다.

"하지 않는 것이야."

손녀의 답에 "취소는 하려고 하다가 하지 않는 것이야," 며느리가 부연 설명을 하자, 손녀는 "하지 않는 것이야"라고 같은 말을 되풀이했다.

엘리베이터를 타고 5층에서 1층으로 내려오는 짧은 시간, 한마디 말의 의미도 정확하게 설명을 하려는 엄마와 자신의 의지를 놓지 않으려는 손녀와의 대화이다. 손녀는 무슨 일을 하려다 중단을 하거나 처음부터 하지 않는 것이나 결국은 하지 않는 것이라는 의미였다.

아이가 보는 세상은 명쾌하다.
처음부터 하지 않거나 하려던 일을 취소하거나
하지 않음의 본질은 같다.

손녀를 보면서 세상 보는 법을 다시 배운다.

어른들은 간단한 것을 복잡하게 말하고, 간단한 것을 복잡하게 이해한다.

식이 많을수록 더 그렇다.

2016년 5월 20일이다.

저기
할아버지가
간다

나는 늙지 않는 사람이었다. 늘, 언제나 청춘인 줄 알았다. 사람들은 "어찌, 그렇게 젊냐?" 했다. "머리가 짧아서 그런가? 나도 머리를 밀어야겠다," 속에 없는 말을 하는 사람도 더러 있다. 용기백배, 나는 몸도 마음도 늘~~~ 한결같다 자신했다. 당연히 손녀에게도 그렇게 보이는 줄 알았다.

손녀는 보통 아이가 아니다. 멀리 떨어져 있어 우리 눈에는 어림도 없는 작은 새의 눈망울까지 볼 수 있는 혜안을 가진 아이다. 깜짝 놀랄 때가 한두 번이 아니었다.

그래서 나의 청춘은 확실하게 깨졌다. 한순간이었다.
분위기를 반전시킬 엄두조차 나지 않았다.

휴일, 아들 내외와 점심을 했다. 손녀와 함께 즐겁게 식사를 하던 우리와 통유리를 사이에 두고 초로의 노인이 길을 가고 있었다. 누가 봐도 그냥 노인이었다.

그 순간, "저기 할아버지가 간다," 손녀의 말 한마디에 일~장~춘~몽, 나는 창밖의 노인이 되었다. 길을 지나는 노인을 보면서 저 정도는 아닐 것이라 자신했던 나의 청춘은 졸지에 사라졌다.

나는 손녀를 만 번을 신뢰하는 사람이다.
나의 청춘은 나의 착각, 내 눈에 안경이었다.
나를 위로할 무엇이라도 찾아야 했다.

언젠가 가겠지~~ 푸르른 이 청춘 지고 또 피는 꽃잎처럼~~~
달 밝은 밤이면 창가에 흐르는 내 젊은 영가가 구슬퍼~~~
가고 없는 날들을 잡으려 잡으려 빈 손짓에 슬퍼지면~~~
차라리 보내야지 돌아서야지 그렇게 세월은 가는 거야~~~~
그렇게 세월은 가는 거야~~
그렇게 세월은 가는 거야~~~~~~~.

소울
픽처하다

카톡, 카톡, 카카톡 카톡

카톡거리며 날아온 사진들은 군더더기가 없었다. 이럴 수가!

며느리가 몇 장의 사진을 보내왔다. 2016년 9월 26일의 오후 무렵, 어린이집을 파하고 집으로 가는 길, "엄마 전화 줘 봐!" 손녀가 엄마 폰으로 매일 만나던 주변 풍경을 스케치했다. 손녀가 어린이집에서 또래의 아이들과 재잘거리다가 엄마와 함께 집으로 가는 이 시간은 행복이 넘친다. 함께 걸으며 자연과 교감하고, 세상을 만난다. 둘은 그렇게 한바탕 놀면서 집으로 간다. 스쳐가는 바람의 마음을 느낄 줄 아는 아이가 손녀이다.

손녀가 처음으로 사진을 찍었다. 엄마 폰으로 찍었다. 풀과 꽃이 자연스러운 소박한 풍경이 있었다. 손녀의 작은 신발이 보도블록과 조화를 이뤘다. 건물 간판을 클로즈업한 사진도 있었다. 보도블록과 꽃밭은 자연미가 있었다. 아파트가 양각되었다. 점자 모양이 있었다. 간단한 풍경이었다. 손녀의 눈에 보이는 그대로 찍은 사진이었다.

예술에서 있는 그대로 표현하는 것이 가장 어렵다. 눈에 보이는 외형이거나 눈에 보이지 않는 내적 세계이거나 다르지 않다. 보이는 것은 보여서 어렵고, 보이지 않는 것은 보이지 않아서 어렵다. 사물의 정체성은 그대로에서 발현된다. 바람이 스치는 작은 움직임이라도 있으면 그것만큼 왜곡된다. 서거나, 앉거나, 걷거나, 뛰거나, 푸른색 재킷을 입었거나, 빨간색 재킷을 입었거나, 개체의 정체성은 달라지지 않지만, 사물의 외형에 따라 관찰자의 관념은 다르게 작동하게 한다. 그래서 사물을 있는 그대로 촬영을 한다는 것은 사물에 대한 관념을 배제한다는 의미이다.

어른들이 그리는 그림은 관념의 재배치이다. 모든 순간, 관념이 대입된다. 인간이기 때문이다. 완벽하게 관념을 배제하는 일은 완벽하게 정신 줄을 놓지 않으면 불가능하다. 인간에게서 관념을 배제하면 속이 빈 통나무, 마루타가 된다. 어른들은 관념을 배제하기가 불가능에 가깝지만, 아이들은 간단하다. 아이들은 관념의 두께가 없거나 얇아 그렇다. 어른들은 할 수 없는 일을 아이들은 간단하게 해치운다. 사물을 있는 그대로 보기 때문이다.

손녀가 촬영한 사진을 본다.

세 살 아이가 사물과 눈을 맞추고, 스스로 셔터를 눌러서 이미지를 기록했다는 사실만으로 훌륭하다. 사진은 창을 통하여 세상을 보기 때문이다. 창을 통하여 세상을 보는 것은 넓은 세상에서 시야를 좁혀 사물에 눈을 맞추는 일이다. 사진에 있어 가장 중요한 것은 창을 통하여 세상을 보는 데 있다. 이는 거시적 세계를 미시적으로 본다는 의미이다.

작은 사물에 시선을 맞추는 일이다.

나 아닌 세상에 관심을 갖는 일이다.

실로 대단한 일이다.

손녀가 픽처한 사진이 대단한 이유이다.

세 살 아이가 사물과 눈을 맞추는 순간, 그 마음의 파장을 어른들은 알 수 없다. 아이의 마음을 어떻게 헤아릴 수 있을까? 그것은 신GOD도 불가능하다. 존재하는 모든 사물의 정체에 대하여 완벽하게 해석할 수 없지만, 알 수 없는 것은 그것대로 미지의 세계로 남겨 두어야 한다. 헤아릴 수 없는 아이의 마음도 미지의 세계로 남겨 두어야 한다. 아이의 시대를 존중하는 일이다.

인간은 태어나서 서서히 관념에 물들다 어느 순간, 자신의 모든 것이 관념으로 포장되고, 관념의 포로가 된다. 당연히 몸은 관념의 거푸집이다. 모든 것을 내려놓아야 하는 죽음의 순간이 비로소 관념으로부터 해방되는 순간이다. 이 순간이 해탈이다. 불교에서 속세의 속박으로부터 자유로운 상태를 해탈의 경지라 하지만, 그런 현상은 꿈속의 나오미처럼 오지 않는다.

모든 아티스트의 시작도 그렇다. 그러다 가을 기운이 쏴 오듯 생의 가을에 와서야 관념의 수용소를 탈출하기 위하여 날밤을 샌다. 그러나 관념으로부터 벗어나기란 거의 불가능하다. 자신이 알고 있는 모든 것이 관념이고, 인간은 이미 관념 덩어리이기 때문이다.

습習이고, 습은 업業, 카르마이다.

수행자는 그 경지에 좌표를 찍고 평생을 사는 사람들이다. 업의 결자해지, 수행자는 관념으로부터 벗어나기 위해 몸부림친다. 관념은 속세의 다른 말이다. 목숨을 걸고 수행을 해야 그나마 탈 관념의 가장자리, 경계 지대로 갈 수 있다. 예술가로 평생을 보낸 대부분의 사람들은 대략 예순을 넘기거나 생의 말년에 가서야 가까스로 깨닫는 이치이다.

드라마틱한 순간을 촬영한 사진을 '결정적인 순간'이란 그럴듯한 말로 만들어 낸 프랑스 사람 앙리 까르띠에 브레송Henri Cartier Bresson은 사진 역사의 전설이다. 액션이 절정에 이른 순간을 스냅한 사진이 한 세기 현대사진사를 주도했다. 짧은 순간을 스케치하는 것은 회화가 할 수 없는 영역이기 때문이다. 브레송의 결정적인 순간은 그런 맥락에서 탄생했다. 탄생에서 죽음에 이르기까지 희-로-애-락하는 인간의 역사에서 특별한 순간이거나 스포츠에서 액션이 절정에 이른 순간을 스케치할 수 있는 것은 사진 매체의 장점인 것은 분명하다. 그럼에도 불구하고 존재의 특별한 순간이 존재의 결정적인 순간은 아니다. 드라마틱한 순간은 인간의 감성과 감정선을 자극하는 꼴이다. 그래서 드라마틱한 순간은 가장 모범적인 관념의 꼴이다.

여기서 관념idea의 대주주인 관점viewpoint과의 차이를 살펴본다. 예를 들어 지구인들이 말하는 큰곰자리 혹은 북두칠성은 지구에서 본 별들의 위치이다. 화성이나 토성에서 보면 북두칠성은 국자 모양이 아니라 전혀 다른 모양일 것이다. 온 우주에서 보는 형상은 국자가 아니라 우주에 있는 별들의 수만큼 다양한 형상으로 보일 것이다. 큰곰자리 별들의 위치는 그대로인데 지구인은 국자 모양으로 인식하고 있다. 북두칠성이 국자 모양으로 인식된 것은 지구인들에게는 관념이지만, 토성이나 화성인들에게는 관점의 차이가 된다. 그럴 기회는 없겠지만, 만일 지구인이 화성인 혹은 토성인 등 혹시라도 존재할 외계인들에게 북두칠성을 국자를 닮았다 하면 그들은 이해하지 못한다. 이는 외계인들이 한국어나 영어 아니면 희랍어를 알아듣지 못하는 소통의 한계 때문이 아니라 관점의 차이 때문이다. 우주를 향한 관점의 차이를 지구란 행성에 대입하면 상상을 초월하는 관점의 차이가 난다. 그래서 나의 관점을 타인에게 강요하거나 프레임 짓는 것은 매우 위험하다. 창의적 세계에 고엽제를 뿌리는 것과 같으며 진화의 속성에 재갈을 물리는 것과 같다.

나는 오래전부터 브레송의 '결정적인 순간'의 미학에 동의하지 않았다. 관념의 절정을 결정적인 순간이라 포장했기 때문이다. 그는 생의 말년에 가서야 비로소 "생의 모든 순간이 결정적인 순간이었다"라고 고백했다.

비로소 나는 그의 성찰에 박수를 보냈다.

그의 성찰에 완벽하게 공감하고 공명한다.

생의 모든 순간이 결정적인 순간이다.

순간을 건너뛴 생은 없다.

죽을 고비를 몇 번 넘긴 일흔이 넘은 선배 작가는 "이제 사물을 있는 그대로 볼 줄 안다"라고 고백했다. 평생을 관념의 노예로 살다가 비로소 세상의 참모습을 보기 시작했다는 것이다. 감사한 일이다. 그러나 많은 것을 내려놓은 그의 성찰에 진정으로 박수는 보내지만, 이 또한 관념의 절정이다.

사물을 있는 그대로 보는 것은 불가하다. 사용 가능한 예술적 장치로 왜곡하지 않고 있는 그대로를 묘사하더라도 그것대로 왜곡된다. 사물이 가진 입체적 구조와 내적 세계를 그대로 묘사하거나 본다는 것은 불가능하다는 의미이다. 최근 중국에서 엄청난 개발비를 들여 인간의 영혼 존재를 밝히기 위하여 의식마저 스캐닝할 수 있는 세계 최고 성능의 자기공명영상장치MRI 개발 프로젝트를 시작했다는 기사가 있었다. 설령 인간의 영혼마저 스캐닝할 수 있는 장치를 개발하더라도 인간을 그대로 볼 줄 안다는 것은 위험한 발상이다. 영혼의 정체, 의식의 정체가 스캐닝 되더라도 그것이 사물의 정체 그대로는 아니다. 사물의 정체, 혹은 그대로의 인간은 온 우주처럼 무한의 영역으로 남겨 두어야 한다.

사물을 그대로 존중하는 일은 그대로 보는 일이다.

세 살 아이가 작은 창을 통하여 만난 세상이 카톡거리며 날아왔다. 손녀가 생애 처음으로 사물을 보고, 이미지를 기록한 것은 대단한 일이다. 손녀의 사진을 축복한다.

한 번만
먹어봐요

손녀는 먹이려고 하고 나는 먹지 않으려 도망을 치느라 한바탕 난리가 났다. 손녀가 먹던 숟가락을 내 입에 넣지 않으려고 발버둥을 치는 나에게 손녀는 애간장이 탔다.

나는 그래도 며느리에게 구박받지 않는 신식 할아버지다.

손녀가 먹던 숟가락을 내 입에 넣지는 않는다.

절대로!

영문을 모르는 손녀는 나에게 한 숟갈이라도 먹이려고 애절하게 말한다.

"할아버지 한 번만 먹어봐요."

옛날 옛적, 호랑이 담배 피우던 시절에는 소가 되새김을 하듯이 할머니가 오물오물 씹어서 아이에게 먹였다. 우리는 이빨 빠진 할머니가 오물거리며 씹어 준 단맛을 먹고 요만큼 살았다. 요즘 세상에 그랬다가는 아들에~ 며느리에~ 구제 불능에~ 천덕꾸러기가 된다.

꿈에서도 그래서는 안 된다.

2016년 9월 16일.
신식 할아버지의 자존을 지켰다.

부러진 의자

손녀가 무심코 의자에 앉았는데 나무로 만든 의자가 그대로 내려앉았다. 눈 깜짝할 사이에 일어난 일이었다.

할아버지와 할머니가 시소를 타는 모습을 구경하겠다고 손녀가 조금 떨어져 있는 의자에 앉던 순간이었다. 부러진 의자 양옆으로 뾰족한 나무 파편들과 나무판을 고정했던 쇠못이 솟아 있었다.

손녀가 바닥에 주저 않으면서 "의자가 부러졌어" 했다.

황당하기 짝이 없던 순간, 속절없이 바닥으로 주저앉으면서 손녀가 한 말은 너무 담백했다.

아찔했던 순간, 십 년을 감수했다.

나와 아내는 놀란 가슴에 정신이 통째로 증발했다.

혼-비-백-산 했다.

나무로 만든 의자는 윗부분은 멀쩡해 보였지만, 속은 몽땅 썩어 있었다. 다섯 살 아이 무게를 받치지 못할 정도였다. 아파트 단지에 있는 놀이터에서 있었던 일이다.

2017년 2월 25일, 할-배, 할-매 정신이
통째로 무너지고 날아간 날이다.

가족이
더 소중해요

2017년 3월 18일, 1박 2일로 손녀가 태어나서 처음으로 아빠와 둘이서 캠핑을 갔다. 아들의 친구가 캠핑 마니아라서 오래전부터 미루던 길을 나섰다.

캠핑장에서 아들의 친구가 손녀에게 물었다.

"소울이는 아빠가 좋아? 엄마가 좋아?"

이야깃거리가 궁할 때 어른들이 하는 영양가 없는 질문이다.

"나는 아빠랑, 엄마랑,
할아버지랑, 할머니랑,
가족이 더 소중해요" 했다.

오셔야지요!

아내와 나는 일주일 혹은 이 주일에 한 번씩 손녀를 만나러 간다. 혹시라도 몇 주를 거르면 아이의 표정은 달라진다.

새-침하다.

정상으로 돌아오는데 시간이 필요하다.

2017년 2월 29일 휴일, 아빠와 놀고 있던 손녀가 강력한 메시지를 보냈다.

"오-셔-야-지-요!"

심플한 손녀의 말 한마디에 우리는 솜털보다 더 가볍게 몸을 날린다. 에헤야 디야~~~!

여덟 살 소울이 생각, 다섯

다람쥐가 친구 햄스터와 함께
숲속으로 캠핑을 갔어요.
추운 겨울이라서 따뜻하게 불을 피워 놓고
소시지도 구워 먹었지요.
그리고 천장이 유리로 되어 있는 텐트에 누워서
'슈우웅' 떨어지는 별똥별도 보았어요.
"예쁘다~!"

나는 바보다

찾아 달라는 TV 프로를 찾지 못하고 헤매고 있을 때 "할아버지 바보" 했다.

손녀가 원하는 프로가 어디에 숨었는지 찾는 나도 답답했다.

졸지에 나는 TV 프로 하나 제대로 찾지 못하는 바보가 되었다.

2014년 10월, 미국 오리건주 포틀랜드 PNCA 예술대학교의 초청을 받았을 때의 일이다. 대학원생들과 교수들 28명을 대상으로 일주일간 워크숍을 진행하면서 나는 총장인 톰 맨리의 집에서 묵었다. 첫날 나의 자연 드로잉 프로젝트인 〈자연하다-ON NATURE〉 다큐멘터리를 보고 감동한 톰의 아내는 "당신이 천재인 줄 알고 있느냐?"라고 나에게 덕담했다.

평생을 아티스트로 살아오면서 비슷한 말을 여러 번 들었다.

2015년 8월 26일, 당시 파주에 있던 나의 스튜디오를 방문한 이

어령 선생께서는 같은 프로젝트를 보고 “아타 선생은 신의 영역에 도전하고 있다”라고 감당하기 벅찬 덕담을 했다. 자연에 그림을 그리게 했다는 이유에서였다.

이래저래 잘난 척했는데 나는 졸지에 바보가 되었다.

“할아버지 바보!”

손녀의 말은 하도 명징했다.

듣는 순간, 속이 뻥 뚫렸다.

그렇게 기분이 좋았다.

2017년 4월 2일, 나는 바보다.

내
마음이야!

며느리와 함께 외출하기 위하여 현관문을 나서는 아들에게 작은 인형을 주면서 손녀가 말한다.

"이게 내 마음이야. 가지고 있어야 돼."

작은 인형을 주면서 "이게 내 마음"이란다.

마음,

마음은 눈에 보이지도 않고,

무게도 없는데

아이가 마음을 아빠에게 주었다.

마음은 인간에게 가장 소중한 무엇이다.

마음은 정신의 실체보다 더 넓고 깊다.

마음의 스펙트럼에서 거르고 정제한 값이 정신의 실체라면 마음은 모든 것의 원형 그대로이다. 그래서 여기와 저기를 동시하고, 무시로 우주를 넘나들게 하는 것도 마음이다.

모든 것에는 모든 마음이 있다.

엷거나 짙거나, 어리거나 늙었거나 마음한다.

정신이 없으면 정신이 마실 나간 사람이 되지만, 마음이 없으면 통나무가 된다. 살아도 사는 것이 아니다.

"이게 내 마음이야." 아들과 손녀, 둘은 헤어질 때마다 그렇게 한 편의 영화를 찍는다.

2017년 4월 2일이다.

두 번째 · 의문

꽃이 너무 이쁘다.
그런데 넌 어디서 왔지?

꽃이
너무 이쁘다.
그런데 너는
어디서 왔지?

2016년 10월 30일, 아들 내외와 점심을 먹고 집으로 돌아가는 길, 지천에 가을꽃이 가득했다. 손녀가 주저앉아 한참을 재잘댄다.

"꽃이 너무 이쁘다. 그런데 너는 어디서 왔지?"

아름다움이 어디서 왔는지 의문을 가지는 손녀가 그렇게 아름다울 수가 없다.

"너는 어디서 왔지?"
내가 남보다 잘 하는 것이 있다면 그것은 '의문'하는 일이다.
나의 전부는 의문에서 시작되고 의문에서 마감된다.
그 프로세스가 내 수행의 핵심인 이미지트레이닝이다.
이미지트레이닝이라 이름했지만, 위대한 사상가인 구르지예프

Gurdjieff의 수행법에 우리의 선사상을 접목했다.

이미지트레이닝은 나를 살린 모든 것이다.

그렇게 오랜 시간, 죽기를 각오했다.

모든 의문 혹은 화두는 모든 답을 가지고 있다. 결론부터 말하면 답이 없는 화두는 존재하지 않는다. 만일 답이 없는 화두가 있다면 그것은 그것대로 존재한다. 모든 것은 결국 결자해지한다. 그 프로세스가 관조하고, 몰입하고, 해체해 가는 과정이다. 관조의 출입구가 '의문'하는 일이다. 즉, 관조의 서정 양식이다.

의문하는 일, 관조의 문, 그 문을 들어서면 긴 회랑이 나온다. 그것이 몰입에 이르는 길이다. 몰입의 정도에 따라 끝에 다다를 수도 있고 영원히 미치지 못할 수도 있지만, 그 길을 계속 가면 어느 순간, 새로운 길이 나타난다. 그것이 해체이다. 즉, 새로움이다. 해체의 전유물처럼 인식되는 자크 데리다Jacques Derrida 식의 해체는 이성과 논리 중심이지만, 선적인 해체의 정체는 상식과 기존의 틀을 깨고 새로움을 구축하는 일이다.

기존의 틀을 깨는 일, 즉 파격하지 않고는 새로움은 오지 않는다. 그것이 진정한 해체의 정체성이다. 파격은 내 예술철학의 전부라 해도 된다. 간단하게 언급하였지만, 몰입은 관조의 죽음의 위치에서 나타나고, 해체는 몰입의 죽음의 위치에서 나타난다. 즉, 관조의 완성이 몰입이고, 몰입의 완성이 해체이다.

봄의 완성이 어디일까? 그것은 봄의 죽음의 위치다.
봄이 죽지 않고 여름은 오지 않는다.
봄이 잘 죽어야 화려한 여름이 온다.
여름이 잘 죽어야 만산홍엽의 찬란한 가을이 온다.

새로움을 생산하는 일은 간단하지 않다는 의미의 역설이다. 그러나 '의지'를 대입하면 모든 의문은 결국 답을 내어 놓는다. 그 과정은 특별한 사람만 이르는 게 아니다. 모든 인간이 가능하다. 모든 인간은 모든 것을 가졌기 때문이다.

이 책의 문패인 〈고장 난 할아버지〉는 손녀가 가진 의문 "너는 어디서 왔지"와 연결되어 있다. 신인류 AI도 인간의 자식이다. 결국 아이의 의문은 AI를 생산했다.

이것이 인간의 길이다.

인간 등정의 발자취다.

아름다운 꽃을 처음 본 손녀가

"너는 어디서 왔지?"

의문 했다.

손녀를 축복한다.

할아버지
우산 써요

손녀의 배려심이 나를 울린 날이다.

손녀의 네 살이 고개를 넘던 12월, 겨울 비 오는 날 저녁이다.

하루를 손녀와 놀다가 집으로 돌아올 무렵 우리는 또 한 편의 영화를 찍었다.

손녀와 헤어지는 시간은 언제나 마음이 아프다.

몸을 낮춰 손녀의 눈높이에서 위로한다.

"할아버지 또 올게."

추적추적 겨울비가 내리고 있었다.

그런데 "할아버지 우산 써요" 한다.

손녀는 무심한 듯,

자기가 쓰고 있던 우산을 나에게 씌워 주었다.

"괜찮아!" 하는 나에게 끝내 우산을 씌워 주고

손녀는 잠시 그대로 비를 맞았다.

짧은 미장센이 흐르는 순간,

손녀는 아빠 손을 잡고 돌아섰다.

한 편의

영화를

보는 것

같았다.

저녁 풍경

2016년 12월, 겨울 비 오는 날,

손녀의 우산을 덮고 잠이 들었다.

안경
써요~~~

저녁 무렵, 영상 통화를 막 시작하려는 데 손녀가 갑자기 고함을 쳤다.

"할아버지 안경 써요."

태어나서 안경을 벗은 내 모습을 처음 본 손녀가 기겁했다. 쳐다보지도 않고 얼굴을 소파에 묻으면서 고함친다.

"할아버지 안경 써요!"

나는 안경을 벗고 있다는 사실조차 모른 채, 한참을 어리둥절했다.

그날 손녀와의 대화는 실패였다.

내가 태어나서 처음 본 아버지의 모습은 검은 안경이었다. 늘, 언제나, 검은 안경이 먼저 말을 하는 것 같았다. 아버지는 아래가 터진 바지를 입은 아이들에게나, 연세 많은 어른에게나, 당신이 만나는 모든 사람에게 유머를 건넸다. 그렇게 마음이 따뜻한 사람이었다.

그런데 아버지의 검은 안경은 어린 나의 숙제였다. 검은 안경은 아버지와 나 사이에 작은 도랑이었다. 왜? 검은 안경을 썼지? 그렇게, 한참을 아버지의 눈을 보지 못하고 검은 안경만 보았다. 초등학교 교사였던 아버지는 교사들과 공을 차다가 튄 돌에 눈언저리를 다쳐 흉터가 생겼다. 그 흉터를 가리기 위해 반쯤 검은 안경을 썼다. 어느 날, 안경을 벗은 아버지를 만났다. 처음 만나는 아버지였다.

"아부지, 안경 쓰세요."

나는 말 없는 말을 했다.

검은 안경의 블루스!

검은 안경을 쓰면 당연히 망막으로 가는 빛은 줄어든다. 사물을 보는 빛이 줄어든다는 의미다. 그런데 빛이 줄어들면 상대적으로 사물에 대한 관심은 오히려 커진다.

빛이 많으면 사물이 더 잘 보일 것 같지만, 그렇지 않다.

많은 빛은 많은 것을 보게 한다.

많은 것을 본다는 것은 하나를 깊게 볼 수 없게 한다.

빛이 적으면 더 집중하게 되고 당연히 사물을 깊게 본다.

사물을 보는 심도가 달라진다.

이는 빛이 인체에 미치는 물리적 현상이고, 빛의 삶과 죽음에 대한 서사이기도 하다.

오래전, 나는 이미지트레이닝을 하면서 까만 밤, 빛이 없는 어둠 속에서 사물을 관찰하는 훈련을 오래, 깊게 했다. 빛이 많은 낮보다 어두운 밤이 사유하기에 더 이상적이다.

빛의 서정이다.

내 작업 중에는 한 컷의 필름에 8시간을 노출하거나, 아니면 얼음이 녹아가는 과정을 25시간 노출하고, 누에가 고치를 생산하는 과정을 일주일 동안 노출한 작품도 있다. "존재하는 모든 것은 사라진다"는 개념의 온에어 프로젝트이다. 10년 동안 진행하였다. 2006년, 뉴욕의 ICP에서 개인전을 할 때, 처음 선보였던 프로젝트였다.

"동양 사상을 예술로 승화했다"라고 뉴욕타임즈는 평가했다.

빌 게이츠가 작품을 컬렉션하였던 프로젝트이고 나를 뉴욕의 신화로 만들어준 프로젝트였다. 그랬다. 온에어의 프로세스는 카메라의 렌즈에 검은 안경보다 더 짙은 필터를 씌워 인위적으로 필름으로 가는 빛의 양을 줄이면서 상대적으로 심도를 깊게 했다. 요즘 시대의 디지털 메모리로는 불가능하지만, 필름의 은 입자는 빛을 축적하는 능력이 있다. 인간의 기억이 필름을 대신하지만, 인간의 기억은 한계가 있다. 그 한계를 필름이 대신했다. 예술의 힘이다.

셔터를 빠르게 혹은 느리게 조작하면서 동감을 우선할 것인가? 아니면 조리개를 많이 열거나 조여서 심도를 우선할 것인가? 이 부분이 사진 메커니즘의 핵심이다. 눈을 작게 떠야 멀리 깊게 볼 수 있는 것과 같은 이치다. 내 나이 불혹을 넘어서야 아버지의 검은 안경의 블루스, 그 숙제를 풀었다.

블루스는 영혼의 노래다. 아버지의 검은 안경은 아련한 추억이다. 손녀가 한 세대를 지난 아버지의 안경을 불러냈다.

블루스 블루스 ~~~ ~~~.

"할아버지 안경 써요~~~."

손녀의 외침이 메아리친다.

까만 밤이다.

아기로
만들어
오세요

항상 할아버지와 할머니가 세트로 갔는데 그날은 아내 혼자 손녀를 보러 갔다.

하루를 할머니와 놀다 헤어질 무렵, 할머니에게,

"다음에 올 때는 할아버지를 아기로 만들어 안고 오세요" 했단다.

나는 강보에 싸인 아기가 되었다.

2017년 2월 12일이다.

착한
할아버지

"여주 할아버지는 착해!
노래도 하고 춤을 추잖아!"

아이가 보는 눈은 정확하다.

나는 착한 할아버지가 되었다.

2017년 2월 19일이다.

화양연화

손녀의 아빠 사랑은 유별나다.

하도 유별나서 기가 막힌다.

2017년 4월 23일, 손녀와 함께 키즈 카페를 찾았다.

할머니와 할아버지는 손녀와 함께 카페에 입장하고, 아들은 잠시 일을 보기 위해 손녀와 헤어져야 하는 순간이다.

카페 입구에서 손녀가 아빠에게 보내는 애정 공세는 그대로 한 편의 영화이다. 이 모습을 지켜보던 카페 여주인은 "이렇게 애정이 넘치는 아이는 처음 본다" 했다.

아내와 나도 완벽하게 같은 생각이다.

아빠의 볼에 입을 맞추고, 아빠에게도 자기에게 뽀뽀를 해달라며 아빠에게 무한한 사랑을 보내는 손녀의 모습은 감동이다.

언제,

어디서,

잠시라도 아빠와 헤어지는 순간,

한 편의 영화를 찍는다.

·

·

·

부산 할머니도
여주 할머니도
혼자 있네!

2017년 4월 11일, 밤 9시가 지날 무렵 손녀가 전화를 해 왔단다.

오랜만에 서울에서 지인을 만나고 늦은 시간 여주로 돌아왔더니 그 사이에 손녀가 전화를 한 것이다. 아마도 외할머니에게도 전화를 하고, 여주로 전화를 했던 모양이다.

늦은 시간 할머니와 통화를 하면서 혼자 있는 할머니가 안쓰러웠던 모양이다.

모든 인간은 이 세상에 혼자 왔다.

혼자 남는다.

그리고 혼자 간다.

어디서 왔다가 어디로 가는지 아무도 모른다.

그것은 AI도 알 수 없다.

그냥 간다.

이유 없는 존재가 있겠는가만, '그냥 간다' 하는 것이 속절없다.
그 일이 결자해지하는 일이라서 그렇다.
이유를 남기면 남은 후손에게 짐이 된다.
이유, 그것이 업業이다.

어린 손녀가 혼자 하는 슬픔을 보았다.

분명한 것은 날이 가면 갈수록 혼자 하는 슬픔은 더 선명해진다. 대략은 할아버지들이 먼저 자리를 비우고, 할머니들이 한참을 더 혼자 그 자리를 지킨다.
그렇게 슬픔을 감내하다 사라진다.
우리네 삶의 사이클이다.

혼자 있네!
혼자 있네!

회전목마

손녀가 놀이공원에서 회전목마를 탔다.

한참을 회전목마를 타고 내려오면서 "어지럽다"라고 했다.

목마를 타면서 참고 있었던 모양이었다.

우리는 회전목마를 타는 손녀가 한껏 재미를 느끼고 있는 줄만 알았다.

몇 년 전, 철학자인 이주향 선생이 진행하는 라디오 방송에 초대를 받고, "예술가로 살아온 느낌이 어떤가?"라는 질문을 받았다. 나는 "회전목마를 타는 기분이다" 했다. 회전목마는 재미있지만, 어지럽기도 한 것을 예술가로 살아온 여정에 빗대어 은유적으로 말했다. 주향 선생은 회전목마의 의미를 단박에 알아챘다. 주향 선생은 평생을 사유해 온 사람이다.

아티스트로 사는 길은 재미있고 화려한 것 같지만, 회전목마를 돌게 하듯이 동력이 제공되어야 하고, 지난한 시간을 이겨내어야 한다.

재미를 승화시킨 담론을 생산해야 한다. 그것이 세상에서 유일한 자신만의 철학이 되어야 한다. 설령 대단한 철학을 가졌더라도 그것을 세상에 소통시켜야 하고, 유통시켜야 살아남는다.

살아남는다는 말은 목숨을 부지한다는 의미다.

삭막한 말이지만, 사실이 그렇다.

세상에 작품을 유통시키지 못하면 몇 년은 지독하게 버티겠지만, 결국 몸이 먼저 죽고 정신이 따라 죽는다.

그래서 소통하고 유통하는 과정은 지난하고 어렵다.

예술가로 사는 일이 어찌 재미만 있겠나?

많이 어지럽다.

그대로 회전목마를 타는 일이다.

세상의 모든 일에는 순기능과 역기능이 있다. 그럼에도 불구하고 나는 예술이 고통의 산물이라고 하는 말에 동의하지 않는다. 예술 행위가 고통의 산물이라고 하는 말은 천박한 호객 행위이다. 나는 새로움을 생산하는 일은 가늠할 수 없는 인간의 존엄이라

믿는다.

이유는 간단하다.

우리는 인간이기 때문이다.

하루가 지났는데도 어지럽다는 손녀의 말이 계속 나를 돌고 있다.

처음 전설

고기를 먹던 손녀가 "처음 맛이야!" 했다. 2017년 1월, 분당에서 처음 맛을 낸 집에서 나도 처음 맛을 보았다.

세상의 모든 아이들은 절대 미감을 가진 뛰어난 미식가이다.

AI보다 더 민감하다.

거기에 절대 음감을 가졌다. 시각은 거의 허블 망원경 수준이다.

어른들은 가늠조차 하지 못하는 소리의 근원을 찾아내고, 맛을 알고, 우주 너머를 볼 줄 안다.

나는 절대 하지 않지만, 절대가 있다면
딱 이즈음,
아이들의 세상이다.
우리는 아이가 세상 보는 법을 따라가면 된다.
이보다 더 민감하고 완벽한 세상은 없다.

사막 여우가 쉬고 싶어서 놀이터로 갔어요.
'놀이터에 사람이 없으니까 거기에서 쉬어야지.'
그런데 오늘따라 놀이터는 야구를 하는 동물들로 북적거렸어요.
사자들은 "빠샤!" 하고 야구방망이를
도깨비처럼 세게 휘둘렀어요.
그러자, 사자가 친 공이 날아와
사막 여우 머리를 '쾅' 하고 맞췄어요.
사막 여우는 화가 나서 사자에게 소리쳤답니다.
"공치지 마!"

그놈 좀,
묶어 두세요

손녀가 자기를 간지럽히는 엄마의 손가락을 묶어 두란다.

함께 점심을 먹고 집으로 돌아가는 길, 뒷좌석에서 엄마와 함께 웃고 떠들던 손녀가 자지러지듯 말했다.

"그놈 좀 묶어 두세요."

엄마의 손가락을 묶어 두라는 소리였다.

듣는 내가 숨이 넘어갔다.

간지럼 태우는 그 순간, 엄마의 손가락을 그분이라 하겠나?

손녀의 표현은 명쾌했다.

2017년 5월 20일이다.

비타민을 먹고 마음을 진정시켜야겠다

손녀가 스치듯 말했다.

"비타민을 먹고 마음을 진정시켜야겠다."

오후 내내, 같은 공간에서 함께 있었는데 무엇이 손녀의 마음을 어지럽게 했는지 도대체 감이 오지 않았다.

나는 한참을, 어린 손녀의 마음 하나 제대로 추스르지 못하는 맹한 할아버지였다.

참, 맹한 할아버지다.

나도 비타민을 먹고 마음을 진정시켜야겠다.

오직 그래야겠다.

세 살
버릇

2017년 6월 25일, 손녀에게 속담풀이 책을 선물했다.

"할아버지 이리로 와봐."

"여기를 읽어 줘!"

새끼 코끼리가 엄마 코끼리를 따라가는 그림이었다.

나는 세상 여느 스토리텔러보다 더 별나게 책을 읽는다.

세 살 버릇 여든까지 간다는 내용이었다.

가만히 듣고 있던 손녀가 웃으며 자신의 코를 만졌다.

손가락으로 콧속을 후비던 행동이 부끄러웠던 모양이다.

손녀도 나도 동시에 웃었다.

이날 이후, 손녀가 요상한 행동을 하면 나는 거두절미하고 "세 살 버릇~~ " 했다.

손녀는 단박에 알아챈다.

구름
산책

"구름이 친구와 산책을 나왔다가 황사가 와서 집으로 돌아갔어!"

손녀가 그림을 그리면서 말했다.

미세먼지로 밖을 나가지 못하는 손녀가 그림으로 답답한 마음을 토로했다.

그림은 마음의 거울이다.
선명한 거울이다.

황사도 미세먼지도 일상이 되었다.
마음이 답답하다.

2017년 6월이다.

할아버지는
왜?
머리가 없어?

손녀가 조심스럽게 물었다.

"할아버지는 왜? 머리가 없어?"

"왜? 보기 싫어서 그래?"

"아니."

손녀는 내 머리를 만지작거렸지만 한 번도 묻지는 않았는데, 그날은 용기를 냈다.

"할아버지는 왜? 머리가 없어?"

얼른 답이 오지 않았다. 손녀가 언제 무슨 질문을 하더라도 단박에 답을 쏟았는데 도무지 감이 오지 않았다.

이리해서 저러했다고 설명해야 했는데…….

1998년 2월 23일,

그날 큰 스님의 삭도 아래 내 머리가 밀려나갔다. 동시대의 인간상을 유리 박스에 박싱하는 프로젝트인 〈더뮤지엄 프로젝트〉의 마지막 고지인 〈니르바나 시리즈〉였다. 〈니르바나〉 작업을 실행에 옮기면서 작업에 참여한 모델들이 삭발을 하기 전, 먼저 내 머리를 밀었다.

그날 이후, 민머리는 나의 아이콘이 되었다.

손녀에게 이런저런 이야기를 하기에 시간이 필요했다.

2017년 6월 23일, 궁색한 하루였다.

그냥

손녀가 내가 선물했던 요요를 분해했다.

"어떻게 했어?"

"그냥 해 봤어."

그냥.

"그냥"은 나의 전매특허인 줄 알았는데 손녀가 "그냥" 했다.

삼십 몇 년 전 그해, 나는 바람처럼 운명처럼 순천에 있는 큰 절, 송광사로 갔다. 마음씨 고운 보살이 스님을 소개했다. 스님은 내를 건너 작은 암자에 기거했다.

7월, 장마철에 불어난 물이 스님을 만나러 가는 길을 머뭇거리게 했다. 징검돌들이 아슬하게 머리만 내어놓고 있었다.

바지를 걷을 것인가? 잠시 망설이고 있을 때, "그냥 건너라" 천둥소리 같았다. 건너편에 스님이 미소를 짓고 있었다.

보성 스님이었다.

그냥 건넜다.

간단했다.

그날 이후, 나는 좌고우면하지 않았다.

무쏘의 뿔처럼 그냥 했다.

어떤 의문도 마다하지 않았다.

나의 성공은 '그냥'이었다.

나의 실패도 '그냥'이었다.

'그-냥'은 나를 변명해주는 보디가드, 사천왕이 되었다.

해를 넘겼다.

산을 넘고 물을 건너, 손녀가 "그냥" 했다.

요요는 해체됐다.

두 개의 비행접시가 되었다.

그해 여름, 스님께서 천둥 치듯 미소 지은 '그냥'을 손녀가 했다.

2017년 6월 25일, 그냥 한 날이다.

2017년 6월 25일이다.

아무것도
안 보이잖아!

5년을 기다렸다.

때가 되면 손녀에게 가장 먼저 보여 주고 싶은 작품이 있었다.

2006년, 뉴욕 ICP에서 나의 개인전을 기획한 전설적인 큐레이터인 크리스토퍼 필립스가 이 작품을 처음 본 순간을 기억한다. 2009년 10월, 뉴욕의 나의 작업실을 방문한 그는 이 작품을 보고 10분을 침묵했다.

"대단한 철학이다. 평생을 가져갈 작업이다. 그러나 지금 발표를 하지 않는 게 좋겠다. 10년 후, 당신 나이 일흔이 넘을 때, 발표하는 게 좋겠다."

조심스럽게 입을 열었다.

내 예술철학의 임계점에 있던 작품이었다.

한 도시를 만 컷의 사진을 촬영해서 하나로 포개어 쌓은 〈온에어 프로젝트 인달라 시리즈〉였다. 뉴욕, 런던, 모스크바, 파리, 아테네, 베니스, 로마, 워싱턴, 베를린, 도쿄, 프라하, 델리 등 인간의 역사를 가늠할 수 있는 열두 도시를 순례했다. 공자가 말년에 천하를 주유하듯이 열두 도시를 순례했다.

극한의 노동이 필요한 힘든 과정이었지만,
만 컷의 사진을 레이어한 결과는 잿빛이다.
회색의 모노톤이다.
아무것도 보이지 않는다.
속된 말로 미니멀의 정점이다.

그것을 손녀가 어떻게 볼 것인가, 궁금했다.

손녀 나이 다섯 살. 2017년 9월 9일, 〈뉴욕-10,000〉을 소장하고 있는 컬렉터의 집을 방문했다. 부부는 그 작품을 위하여 집을 지었고, 그 작품만을 위한 공간을 만들었다. 〈뉴욕인달라〉가 있는 공간, 그곳에서 부부는 매일 아침 기도하고, 명상한다. 인달라는 사유하기 가장 이상적인 작품이다. 아무것도 보이지 않기 때문이다.

우주는 시공간의 중첩이다. 자연 역시 계측할 수 없는 시공간의 중첩이다. 모든 시공간은 다르다. 그것들이 모여 자연이 되고 우주가 된다. 〈인달라 시리즈〉가 그것을 증명하기 위한 작업은 아니지만, 결국 그렇게 되었다. 이론물리학자인 이창환 선생은 "이 작품은 무한한 가능성이 합쳐지면 아무것도 없는 것으로 인식될 수 있는 진공인 현대 물리학적 특성을 잘 보여 준다"라고 인달라 개념에 가장 가까운 언급을 했다. 나는 인달라는 진공묘유眞空妙有의 진경이라 말했다.

아내는 손녀를 〈뉴욕-10,000〉이 걸려 있는 방으로 안내했다.
"소울아! 이것은 할아버지 작품이야!"
아내는 조용하게 말했다.
그 방은 언제나 조용한 아우라가 있다.
할머니를 따라 인달라가 걸려 있는 방으로 들어간 손녀는 작은 망설임도 없었다.

"아무것도 안 보이잖아!"

파도,
춤추다

죽~~ 죽~~! 거침없이 줄을 그었다.

손녀가 계속해서 줄을 긋는 것을 보고 물었다.

"그게 뭐지?"

"파도야."

심플했다.

섬에서 나고 자란 나는 파도를 보면서 유년기를 보냈다.

파도는 나의 일기였다.

평생을 바다와 파도와 노을을 그린 윌리엄 터너William Turner는 파도를 전설로 승화시킨 영국이 자랑하는 화가이다.

2009년, 나는 런던에서 〈런던-10,000 인달라〉 작업을 완성하였다. 런던의 내셔널갤러리에 전시된 터너의 그림은 내 유년의 바다를 불러와 작업에 지친 나를 위로했다.

터너는 채질하듯 파도를 색으로 부셨다.
손녀는 몇 가닥 선으로 파도를 해체했다.
파도가 춤을 췄다.

2017년 6월 25일,
손녀의 어록이 쏟아진 날이다.

눈물이야!

2017년 6월 27일 저녁, 손녀와 동영상으로 통화를 하면서 손녀가 그린 그림이 무엇을 의미하는지 물었다.

지난 주, 손녀의 허가를 받고 가져온 그림이었다. 대가의 작품 한 점을 구입하기 위하여 애를 쓰듯이 우리는 손녀의 그림 한 점을 소장하기 위해 안달한다.

작은 낙서라도 동의를 받지 않고 슬쩍하는 일은 어림도 없다.

손녀는 자신의 모든 오브제를 딥 러닝처럼 파악하고 있다.

쓱~~!

한 번 스캔을 하면 좁쌀 만한 오브제도 단박에 찾아낸다.

"이게 뭐지?"

"눈물이야."

"왜? 눈물을 그렸어?"

"친구가 내가 원하는 것을 주지 않아 슬펐어."

어린이집에서 친구에게 선물을 했는데 친구는 선물을 주지 않아서 슬펐단다. 양 눈가에 ┌ ┐ 모양으로 꺾여 있어 안경테로 오해하고 있었다.

그날, 그림의 의미를 물어보지 않았으면 우리는 영원히 손녀의 눈물을 알지 못한 채 선 굵은 안경테로 오해했을 것이다.

손녀를 알기에
내가 아이처럼 단순해야 한다.
간단한 공감의 법칙이다.
사람 사이에 가장 소중한 일이 공감이다.
모든 일에는 모든 상처가 있다.
작은 상처는 공감할 때 대부분 소멸된다.
아이가 "눈물이야!" 말하는 순간,
아이의 눈물은 이미 마르기 시작한다.
그러나 아무리 작고 간단한 사건이라도
공감받지 못하면 상처로 남는다.
아이는 더 민감하다.
할아버지 할머니는 더 더 민감하다.
어리다고, 늙었다고, 대충 하면 큰일난다.

작은 상처라도 아이는 평생을 가져간다.

늙은이는 죽어서도 독 짓는다.

뱀이 바닷속에서 헤엄을 치고 있어요.
그러다 사람들이 바닷속에 버린 볼펜에
얼굴을 찔려 다치고 말았어요.
"으악!"
다행히 바닷속에는 사람들이 버린 반창고도 있어서
뱀은 얼른 상처에 반창고를 붙였지요.
"휴, 다행이다."

엄마 없어!

휴일, 손녀가 아빠와 놀고 있었다.

통화를 하던 손녀가 묻지도 않았는데 “엄마 없어” 했다. 엄마는 집에 없다는 메시지였다. 우리는 손녀의 말을 듣고서야 며느리가 외출했다는 것을 알았다. 며느리에게 하루라도 자유 시간을 주기 위하여 우리를 부르면 쾌지나~~ 하고 달려가는데, 그날은 아들 내외가 우리를 콜하기가 미안했던 모양이다.

엄마가 외출하는 날에는 언제나 할아버지와 할머니가 세트로 왔는데, 영상에 나타나니 거두절미하고 호출 메시지를 보냈던 것이다.

“엄마 없어!”
손녀의 말 한마디에 바람보다 더 빠르게
손녀에게로 간다.

할머니
뼈가 없어!

나는 웃음보가 터져 거의 숨넘어갈 뻔했다.

손녀가 깜짝 놀라면서 소리를 쳤다.

축 늘어진 할머니의 어깨 밑살을 만지면서 소리쳤다.

"할머니 뼈가 없어!"

그곳은 나 보기에도 수양버들처럼 가죽만 축 늘어져 있다.

하도 말랑해서 슬픈 지대다.

어깨 밑 근육이 있어야 할 곳에 가죽만 남았다.

그 여린 지대는 '조신한 할머니에서 측은지심 할~매'로 가는 비포장도로다.

"할머니 뼈가 없어!"

깜짝 놀란 손녀의 비명에 우리는 크게 웃었지만, 손녀는 심각했다. 2017년 8월 6일이다.

그날 이후 손녀는 단 한 번도 뼈가 없는 그곳 근처에는 얼씬도 하지 않았다.

손녀를 다시 만난 날, 뼈가 없는 할머니가 마음에 남았던지 한참 아래인 팔목을 만지면서 "뼈가 있네" 한다.

네 살 손녀가 우리를 웃프게 만들었다.

팽팽했던 아내의 청춘은 말랑거리는 가죽이 되었다.

화난
똥이야

손녀가 가볍게 설사를 했다. 태어나서 처음 경험한 설사에 놀란 손녀에게 "똥이 화가 났어!" 한다. 며느리의 재치에 박수를 쳤다. 2017년 8월이었다.

나는 시도 때도 없이 며느리를 귀찮게 한다.

"그 사이에 소울이 어록 없나?"

그러나 내가 원하는 만큼 돌아오지는 않는다. 내가 손녀와 하루를 보내도 많은 어록을 쏟아 내는데 어찌 된 영문인지? 만족스럽지가 않다. 그런데 아이 키우기가 어디 쉬운 일인가? 손녀와 단 하루를 놀아도 아이코~~ 소리가 절로 난다. 좋지만, 힘들다.

세상 모든 엄마는 특별한 에피소드가 아니면 메모를 다 할 수 없다. 아이들의 배꼽 시간은 하도 정확해서 일분이라도 늦으면 그대로 확성기를 튼다. 예령도 배려심도 없다. 정확하게 먹은 것만큼 배설한다. 유아기를 지날 무렵이면 곱고 향내 나는 똥을 눈다.

엄마들은 똥 색깔과 향기로 아이의 모든 것을 가늠할 줄 안다.

엄마의 모든 것은 아이에게 있다. 아기 때는 그런대로 바쁘고, 크면 크는 대로 바쁘다. 그래서 이것을, 저것을, 기록할 정신이 없다. 하루를 더 크면 그것만큼 바쁘고 정신이 없다.

그래도 묻는다.

"소울이 어록 없나?"

우리 집에는 손녀의 타임캡슐이 있다. 며느리가 1차적으로 손녀의 자료를 모으다가 계속해서 쌓이면 중요도에 따라 차순위로 밀려나는 것들이 있다. 그것들이 우리 집으로 온다. 우리는 작은 종이 조각 하나, 손녀가 그냥 죽죽 그은 연필 흔적 하나도 버리지 않는다. 다 가져온다.

대단하다. 분명 그럴 것이다. 대통령기록물보다 더 정교하다. 아내와 나는 왕의 승지보다, 사관보다 더 부지런히 손녀의 흔적을 기록했다. 손녀가 쓰레기통에 버린 작은 오브제 하나 그냥 두지 않았다. 예쁘고 노란 박스에 차곡차곡 넣었다. 나는 평생을 작가로 살면서 대략 열여섯 번 더 이사를 했다. 대부분의 이사는 딱, 한 대의 트럭에 몸만, 필름만 실었다. 내 소중한 흔적들은 몽땅 사라졌다. 그랬다.

〈고장 난 할아버지〉를 다시 챙기며 손녀의 타임캡슐을 열었다. 손녀의 아기 시절이 고스란하다. 거의 환상적이다. 아이가 태어나서 맨 처음 그은 줄 하나, 면 하나 네모 하나, 그렇게 꽃이 피기 시작했다. 어느 날, 면 따라 색이 오고, 집을 지었다. 이제는 무시로 우주를 넘나든다. 그런 것들이 쟁여 있다. 손녀 소울이의 어록이 쌓여 있다. 왕의 실록보다 대통령의 기록물보다 더 소중하다. 손녀의 "화난 똥"의 역사도 소중한 인간의 역사이다. 내가 손녀의 화난 똥을 만났으면 타임캡슐에 담았을 것이다. 부디 웃지 마시라. 참으로 그렇다.

말 나온 참에 하나를 더한다. 이탈리아 아티스트인 피에로 만조니Piero Manzoni라는 현대 미술가는 오래 전인 1961년에 자신의 똥을 30g 정도의 작은 캔 90개로 만들어 전시했다. 2016년 경매에서 그것 30g 한 통이 37만 달러를 넘었다. 손녀의 화난 똥을 여기에 대입하고 싶은 생각은 추호도 없다.

버릴 수 없는 무엇은 가치를 초월한다.
이 지점이 존재하는 모든 것들의 실존이다.
예술이 그것을 정의하고 증명하다.

여덟 살 소울이 생각, 여덟

고양이가 엄청 큰 보따리를 들고
소울이네 집에 몰래 들어왔어요.
'이것도 가져가고, 이것도 가져가야지.'
고양이는 보따리 안에 옷장, 책장, 지구본을 넣었어요.
그리고 자고 있는 소울이도 장난감인 줄 알고 보따리에 넣었지요.
고양이는 우주만큼 커진 보따리를 들고
집으로 돌아갔답니다.

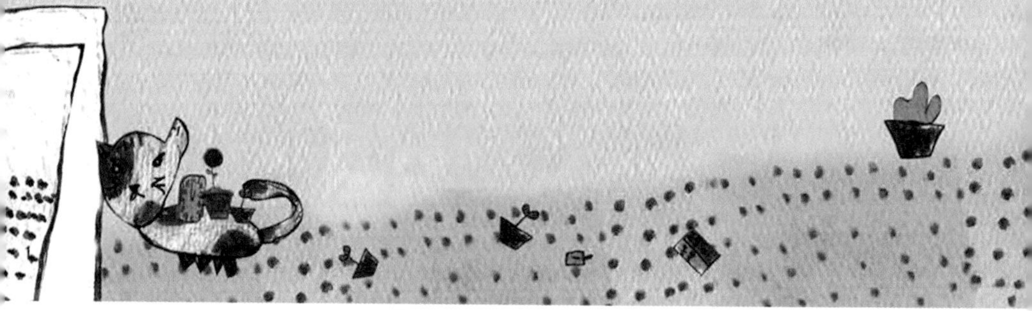

할아버지
냄새나!

어린 손녀와의 대화는 시도 때도 없다.
룰도 없고 폼을 잡을 이유도 없다.
눈을 맞추고,
웃고 떠들면 된다.
내려놓는다는 말은,
비운다는 의미는
손녀와의 대화를 두고 하는 말이다.

그러나 아무리 정신 줄 내려놓더라도 손녀를 만나는 날이면 신경 써야 할 일이 있다.
"할아버지 냄-새-나!"
절대로, 절대로 들어서는 안 될 말이다.
나는 나름 깔끔을 떨던 사람이었다.

손녀가 내 앞에서 뿡뿡거려도 나는 손녀 앞에서 방귀도 트지 않았다. 품위 있는 할아버지로 남고 싶어서다. 그랬는데, 세상에서 가장 난감하고 부끄러운 할아버지가 되었다.

"할아버지 냄새나!"
"소울이가 로션 냄새에 민감해요."

아들이 위로했지만,
나는 졸지에 냄새나는 꾸질한 할아버지가 되었다.

•

•

•

•

•

•

아! 옛날이여~~~!
~~ 슬픈 열대가 되었다.

기쁠 때
그리는 거야!

입 모양이 접시를 엎어 놓은 것처럼 ∩모양의, 굵은 눈물을 흘리는 그림이 있었다.

"소울아! 왜? 입 모양을 ∪처럼 하지 않았어?"

손녀의 감정을 물었다.

"그건 기쁠 때 그리는 거야."

인간은 기호와 상징으로 소통한다.
슬픔과 기쁨, 웃음과 눈물은
인간으로 소통하는 시작과 끝이다.
인간은 크게 소리하며 왔다가 소리 없이 소멸한다.
그 사이에 모든 유형의 기호와 상징이 있다.

예술은 보이지 않는 것을 보이게 하는 힘이 있다.

예술은 강력한 은유이기 때문이다.

예술의 가치는 예술이 암시하는 의미의 스펙트럼이다.

그 스펙트럼이 가시광선의 범위에 있을 때 관념이 작동하고, 가시광선의 범위를 벗어날 때 심상이 작동한다.

기표記標는 눈에 보이는 현상이며, 기의記意는 눈에 보이지 않는 의미이다. 흥미로운 것은 눈에 보이는 기표, 시니피앙signifiant은 눈에 보이지 않는 기의, 시니피에signifié로 존재한다.

있음이 없음으로 정체를 확보하는 것과 같고, 작품은 의미로 존재한다. 예술 혹은 존재하는 모든 것들은 눈에 보이는 기표와 눈에 보이지 않는 기의와의 상생이다.

눈물은 위로 솟구치지 않는다.

떨어진다.

그래서 ∩을 보면 눈물이 나고, ∪를 보면 입 꼬리가 올라간다.

손녀가 기표, 시니피앙의 시대로 들어섰다.

비의 변주

숫자 놀이를 하던 손녀가 탁상용 캘린더의 바깥 상하좌우 네 면 5센티미터 남짓의 여백에 연필로 주~욱 주~욱 몇 겹의 줄을 그었다.

"그게 뭐지?"

"그건 비야."

순간, 소름이 돋았다.

비는 수직으로 서서 죽는다고 시인 허만하는 비의 자존을 장엄하게 묘사했다.

손녀의 비는 상하좌우 하얀 여백에서 가로 되고 세로 된다.

눕다 서다 반복한다.

가로와 세로가 하나 되고, 눕고 섬이 닿아 있다.

자유하는 비의 부활,

비의 무한 변주,

비는 자유한다.

2017년 8월 20일이다.

나도
사색이
필요해

"나도 사색이 필요해."

다섯 살 아이가 길게 창밖을 보고 있었다.

•

•

•

•

•

•

나는 살짝 방문을 닫아 주었다.

해 지는 풍경

멍하다

2017년 9월 29일 나른한 오후, "할머니가 멍 때리고 있네," 손녀가 말했다. 아내가 잠시 멍을 때린 모양이었다.

멍 때릴 일이 그렇게도 많았다.

그해, 한국 사람들은 몽땅, 멍, 멍을 때리고 있었다. 여기저기, 너도 나도 멍 때린다 했다. 멍 때리는 일이 유행이 되었다.

사색하고, 사유하고, 성찰하는 일의 경계는 오묘하지만, 멍은 사유와 성찰로부터 초월한 위치다. 멍은 아무것도 하지 않는 일이다. 사유하고 성찰해야 할 의무나 의지로부터 자유롭다. 의식의 밸브를 잠그고 정신 줄마저 내려놓고, 그냥 있는 상태다.

2017년 9월 29일, 나도 멍-멍하다.

가장
섬세한
아이

모기에 물린 손등에

손녀가 약을 발라 주었다.

호~~ 호~~ 호~!

세 번을 발랐다.

그 위에

예쁜 밴드를 덮었다.

바람이 지나간 느낌이었다.

하도 섬세해서

숨이 막혔다.

2017년 10월 9일,
세상에서 가장 섬세한 아이를 만났다.

크레파스의 전설

'소울아! 이게 뭐지?"

"응, 개가 달리는 거야!"

"우~와!"

반전이었다.

휙 휙 휙, 크레파스가 몇 번 지나간 것 같은데 달리는 형상이 되었다.

환상적이다.

나는 할 말을 잃었다.

다음 페이지에 한 마리가 더 달리고 있었다.

이럴 수가!!

나는 다시 말문을 닫았다.

다섯 살 아이가 마음이 가는 대로 크레파스했다.

달리는 개가 되었다.

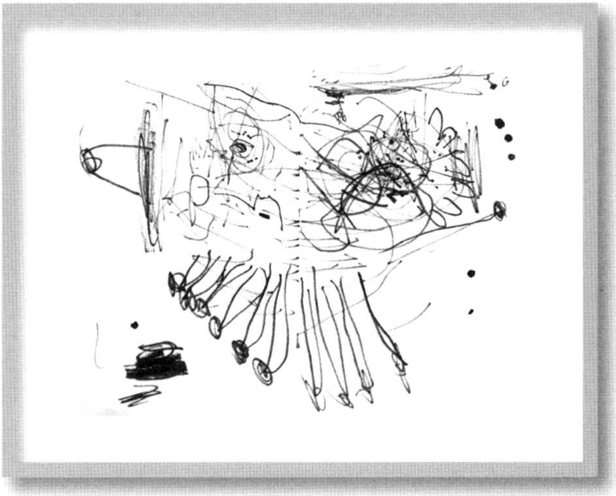

달리는 개 Ⅰ

달리는 개 Ⅱ

마르셀 뒤샹Marcel Duchamp은 변기 하나로 상식을 전도했다. 샘Fountain은 뒤샹의 진면목이다. 손녀의 그림을 보는 순간, 뒤샹이 도망을 치듯이 발가벗고 계단을 뛰어내려 오는 것 같았다.

모든 할~배에게 모든 아이는 신GOD이다.
손녀는 아름답고, 건강한 유전자를 가지고 이 세상에 왔다.
세상의 모든 아이가 그렇다.
모든 아이는 위대한 창조주이다.
야훼이다. 여래이다. 천사이다.
아이들이 야훼이고, 여래이고, 천사인 것은
특별한 일이 아니다.

상식이다.

2017년 10월이다.

거미는 왜?

"거미는 왜 엉덩이에서 실이 나와?"

2017년 10월 9일, 손녀가 물었다.

나는 거미가 왜 엉덩이에서 실을 내는지, 정확하게 그 이유를 모른다.

거미가 엉덩이에서 실을 내는 분명한 이유가 있겠지만, 대충 말했다가는 큰일 난다.

손녀는 모든 것을 그대로 받아들이는 습자지와 같다.

그래서 눈만 껌벅껌벅~~ 했다.

거~~
참!

2017년 11월 5일, 내 집에서 하룻밤을 자고 난 손녀가 아침 인사도 하기 전, 무심결에 흘린 말이다.

"거~~ 참, 잠자리 불편하네!"

거참, 미안했다.

졸지에 손녀 잠자리 하나 제대로 챙기지 못한 불편한 할~배가 됐다.

아들 내외와 손녀가 내 집에서 하루를 묵었다.

처음 있는 일이라 손녀가 오기 전, 사단장 내무 사열을 받듯 여기저기 단단히 준비했는데, 공염불이 되었다.

거참이다.

또,
이사할 거야

"할머니 또 이사할 거야?"

손녀가 보기에 불과 얼마 전에 이사한 것 같은데 다시 이사한다 하니 헷갈렸던 모양이다.

우리는 손녀의 질문에 답을 내지 못했다.

이사를 해야 했기 때문이다.

잠시 난감하고, 잠시 미안했다.

얼추 열다섯 번 넘게 이사를 했다.

풀을 찾아 이동하는 유목민처럼 작업 환경을 따라 이동했다.

나는 아직도 길 위에 있다.

2017년 12월 12일이다.

사랑을 담은 병

손녀가 유리병을 그렸다.

병뚜껑과 입 주름이 절묘했다.

병 속에는 빨간 하트가 있었다.

병 옆에는 큰 주사기를 그려 놓았다.

아들 집 냉장고에 붙어 있었다. 냉장고 문은 손녀의 전용 갤러리이다. 아들 집에 가면 먼저 찾는 곳이다. 거기에 손녀의 세상이 있다.

며느리는 손녀의 그림을 빈틈없이 디스플레이 한다. 며느리는 손녀의 예술철학을 가장 잘 아는 큐레이터이자 디렉터이다.

냉장고 문에 더 붙일 공간이 없으면 차-곡-차-곡 파일로 간다. 파일로 옮기기 전 우리는 스케치를 한다.

이미 익숙한 프로세스이다.

그날도 냉장고 문에는 새로운 그림이 전시되어 있었다. 그림은 화려하고 선명했다. 손녀에게 물었다.

"이게 뭐지?"

"음, 사랑을 담은 병이야!"

"사랑이 없는 사람에게는 사랑이 생겨!"

"엄마 아빠에게도 사랑을 줘."

시크하게 말했다.

세상에! 사랑을 담은 병이란다.

내 뚜껑이 열리는 기분이었다.

사랑을 담은 병

손녀의 사랑은 넘친다. 가늠할 수 없다. 무한 리필된다. 마르지 않은 샘이다. 대단하다는 말도 사치스럽다. 그런 아이다. 사물을 관찰하는 손녀의 집중력은 대단하다. 기가 막힐 정도다. 하지만, 집중력만으로 가능한 것은 없다.

사랑이 없는 집중은 위험하다.
집중을 완성하는 것이 사랑이다.
집중은 사랑으로 꽃이 된다.
강이 되고 바다가 된다.
그것이 사람 사이다.

손녀의 메시지는 분명하다.
사랑이 넘치는 세상이다.
하도 감사해서 눈물이 났다.

2017년 11월 19일, 사랑이 넘치는 날이다.

세탁기가 얼었어!

2018년 1월 중순, 기록적인 한파가 계속됐다.

자연 가까이 살고 있던 우리는 지하수를 올리는 펌프가 얼어서 며칠째 난리 블루스를 쳤다. 실내에서도 백두대간을 오르듯 중무장을 하고 겨울을 났다.

아파트에 사는 아들 집에 한파 피해가 있으리라고는 생각하지 않았는데 그 사이에 해프닝이 있었던 모양이다. 오랜만에 며느리와 영상통화를 하는데 저만치서 혼자 놀던 손녀가 말을 던졌다.

"세탁기가 얼었어! 엄마가 쌍둥이 집에서 빨래를 해 왔어."

"무슨 말이야?"

며느리가 웃으며 설명을 했다. 강추위에 세탁기가 얼어 빨래를 하지 못하여 친구 집에서 세탁해 왔다고 했다. 무심한 듯, 손녀는 엄마가 힘들었던 상황을 귀띔했다. 손녀의 귀띔이 없었다면 저간의 사정을 알 수 없었다. 입이 무거운 엄마는 묻기 전에는 먼저 말을 하는 스타일이 아니라는 것을 손녀는 알고 있었다.

손녀가 지나듯 던진 말이지만, 고마운 일이다.
말을 하지 않으면 모른다. 속에 아무리 위대한 사상이 있더라도 입 밖으로 내지 않으면 쓸모가 없다.
사소한 일 같지만, 소중한 일상이다.
일상 밖의 위대한 세상은 존재 이유가 없다.
사소함을 공유해야 할 이유이다.

고맙고 사랑스럽다.

나에게 쓴 편지

손녀가 한참을 정성 들여 아랍어를 닮은 요상한 글을 만들었다.

"그게 뭐~지?"

"응, 소울이에게 쓴 편지야! '소울아 고마워!' 하는 거야!"

자신에게 쓴 편지다.

2018년 1월 20일이다.

"할아버지 할머니가 못하는 것은 소울이가 할 수 있어. 할아버지가 못하는 것은 할머니가 도와주고, 소울이가 못하는 것은 할머니가 도와줄 수 있어."

부연 설명을 했다.

아이가 써 내려간 꼬불꼬불한 글이 무엇을 의미하는지? 손녀의 속마음이 궁금하지만, 소통할 방법이 없다. 꼬불꼬불 그냥 따라갈 뿐이다.

가장 위대한 시詩는 아직 쓰여지지 않은 시라 했다. 작가로 사는 일은 아직 해야 할 작업이 남았기 때문이다. 나도 모르게 무릎 꿇고 경배해야 할 나의 작품이 남아 있다는 의미의 긍정이다.

삶의 근본적인 이유는 내일을 모르기 때문이다.
모름, 모름은 절정의 화두이다.
모름은 내일을 절대 긍정해야 할 강력한 이유이다.
꼬불꼬불, 손녀가 모름을 썼다.

하도 요상한 글을 써 놓고,
손녀는
서로가 부족한 것을 채워 줄 수 있는 가족이 되자 한다.
세상 사람 모두가
들었으면 좋겠다.

평범하는

만나는 사람마다 '공주'라고 하고, '예쁘다' 하는데 그 말이 손녀의 자존에 살짝 저어했던 모양이다. 손녀를 특별하게 좋아하는 외할머니 친구께서 손녀를 만날 때마다 공주라 불렀다.

그날도 공주라 부르는 그분에게, "나는 공주가 아니라 소울이에요, 나를 평범하게 봐 주세요"라고 정색했단다.

여섯 살 드는 아이가 자기를 평범하게 봐 달라는 말을 하는 걸 듣고,

"소울이는 눈도 평범하고, 코도 평범하고, 얼굴도 평범하네"라 하니 씩 웃더란다.

공주보다 자존감이 더 큰 아이이다.

여덟 살 소울이 생각, 아홉

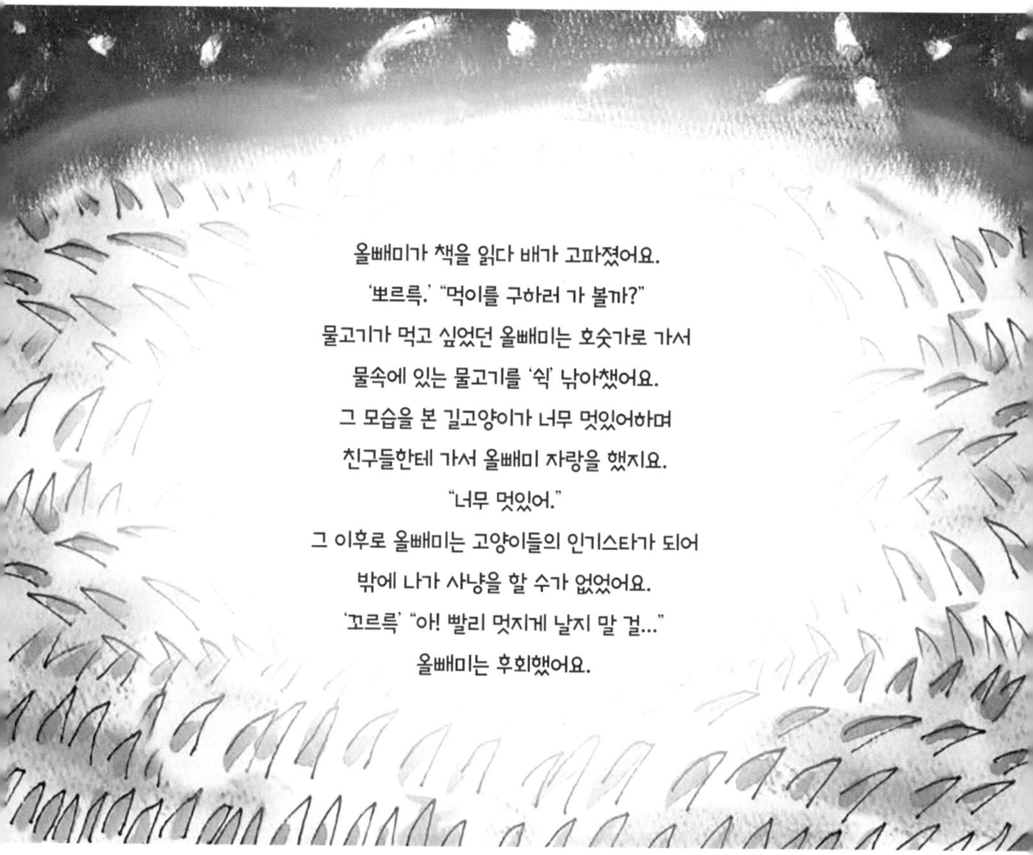

올빼미가 책을 읽다 배가 고파졌어요.
'뽀르륵.' "먹이를 구하러 가 볼까?"
물고기가 먹고 싶었던 올빼미는 호숫가로 가서
물속에 있는 물고기를 '쉭' 낚아챘어요.
그 모습을 본 길고양이가 너무 멋있어하며
친구들한테 가서 올빼미 자랑을 했지요.
"너무 멋있어."
그 이후로 올빼미는 고양이들의 인기스타가 되어
밖에 나가 사냥을 할 수가 없었어요.
'꼬르륵' "아! 빨리 멋지게 날지 말 걸…"
올빼미는 후회했어요.

세 번째 · 관념 부수기

비가 물에 젖었네

짱돌의 추억

여섯 살 초입에 든 손녀에게 선물을 받았다.

작고 앙증맞지만, 세상에서 가장 오래되고 값진 선물이었다.

"할아버지, 선물이야! 가지고 있어."

설날, 우리 집에서 아들 내외가 손녀와 함께 하루를 묵었다. 명절날에 함께 하루를 묵은 것은 처음 있는 일이다. 설날 아침, 손녀가 먼저 잠을 깼다. 전날 밤, 잠 들기 전에 "소울아! 내일 아침, 새들 만나러 가자"는 나의 말을 기억하고 있었던 것이다.

나는 아침부터 호들갑을 떨었다. 손녀와 함께 아침을 맞는 것은 그대로 환상적인 사건이었다.

"소울아! 아빠 엄마 깨울까?"

"아니야! 아빠와 엄마는 더 재워야 돼."

손녀는 늘 잠이 부족한 아빠와 엄마를 배려했다. 그렇게 설날 아침이 요란스러웠다. 아마도 내 생에 가장 요란한 설날 아침이었을 것이다. 우주의 빅뱅도 아이들이 웃고 떠드는 것을 두고 한 말일 게다. 아내와 나는 손녀를 데리고 마당으로 나가서 손바닥에 좁쌀을 올려놓고 새들을 불러 모으려 애를 썼다.

매일 아침, 아름다운 새소리가 우리의 아침을 깨웠기에 오늘은 특별한 이벤트를 준비했다. 가끔 어느 산골에 사는 자연인이 새들을 불러 모으는 장면을 보았는데 손녀가 있는 오늘이 그런 드라마를 연출할 수 있는 절호의 찬스라 여겼다.

"후루루루루~~, 짹짹짝짹~~!"

나는 별 희귀한 소리를 다 내어 보았지만, 결국 좁쌀이 있는 손바닥까지 새를 부르는 데는 실패했다. 아름다운 아침이었다. 마당에서 한바탕 소란을 떨고 오랜만에 아들 내외와 이런저런 대화를 했다.

몇 년 전, 서울에서 나고 자란 지인은 졸지에 세종시로 일터를 옮긴 뒤, 심한 우울증을 앓고 있다고 하였다. 그는 법학박사로 모든 조건이 잘 정리되어, 살아가는 데 부족함이 없는 사람으로 이 사회에서 꼭 필요한 일을 하는 훌륭한 사람이었다. 부족한 것 없이 잘 갖춰진 서울 자신의 집에서 잘 살아왔는데 졸지에 생소한 지역의 아파트에서 혼자 생활하는 일이 우울증을 불러 왔던 것이다.

허허벌판이던 그곳은 어느 날 도시가 되었다. 미래지향적인 국가 정책이었거나 혹은 정치적 이해관계였거나 도시는 만들어졌다. 그리고 도시를 채울 많은 사람들은 비슷한 형태의 새로운 삶을 살아가야 한다. 지인은 이주를 하기 전부터 생활 공간을 옮겨야 하는 난감함을 토로하였는데 막상 이사를 하니 심한 우울증이 왔다고 하였다. 살기를 포기하고 싶을 정도로 매우 힘든 시기였다.

그러던 어느 날, 지인은 흰 장갑을 끼고 여러 기관장들과 함께 기념식수를 하는 사진을 나에게 보여 주었다. 기념식수는 행정도시로 특화된 세종시에서는 흔한 풍경이었다. 기념식수를 하는 장면을 보여 주는 것은 자신의 위치를 가늠케 하는 간단한 존재 증명이다. 사진은 존재 증명을 하기에 가장 이상적이다.

나는 기념식수를 하는 의례적인 그 사진을 보면서 "여러 사람들과 함께 선생께서 흰 장갑을 끼고 기념식수를 한 그 나무도 자신의 의지와 상관없이 누군가의 삽질에 그랬거나 아니면 포클레인으로 무지막지하게 밑이 도려져서 트럭에 실려 이주를 왔을 것이다. 축대를 쌓은 돌들도 마찬가지다. 나무는 태어나서 그 공간에서 한 번도 움직이고 않고, 익숙한 환경에서 잘 살던 것들이다. 그-네-들 생각을 한 번이라도 해 보셨느냐? 역지사지하면 마음이 편해질 것이다"라고 조언을 했다. 며칠 뒤, 지인은 거짓말같이 우울증이 사라졌다는 감사 메일을 보내왔다.

모든 사물들도 정체성이 있고, 존재감이 있다. 존재감은 함께 살아가야 할 소중한 가치이다. 조경을 하는 역설적인 이유이기도 하다.

설날 아침, 커피를 마시면서 아들 내외에게 지인에게 했던 이야기를 들려주었다.

오후 무렵, 내 집에서 하루를 묵었던 가족이 자신들의 공간으로 돌아갈 때, 손녀는 마음이 바빴다. 하루를 더 놀고 싶은 마음도 있었을 것이다. 자기 집으로 돌아가고 싶은 마음도 있었을 것이다. 할머니가 싸준 튀밥을 빨리 먹고 싶은 마음도 있었을 것이다. 그 와중에 손녀가 바삐 움직이더니 무언가를 가져왔다.

"할아버지 선물이야!"

작은 돌멩이였다. 마당에 이리저리 널려 있던 돌들 가운데 작고 앙증맞은 돌 하나를 주워 왔다.

"할아버지가 가지고 있어!"

순간, 말로 다 할 수 없는 추억들이 태산처럼 밀려왔다.

이보다 더 무겁고, 크고, 소중한 선물이 있을까?

아이가 돌을 선물하다니,

어림해서 수십억 년은 더 되었을 것이다.

흔한 작은 돌이지만,

지구의 주인이라 오만하는 인간의 나이로는 비교할 수 없다.

오래 전, 빅뱅하던 시절, 우주를 떠돌던 돌들이 여차여차해서 지구가 되었고, 어찌어찌하다 남한강 깊은 곳에 있었다. 그 돌이 이리저리해서 내가 살던 집 마당까지 와서 낮이면 해바라기를 하고 밤이면 돌들의 고향, 우주를 그리워하곤 했다.

그 돌이다.

세 가족이 탄 차를 길게 배웅하고 아내는 손녀가 주고 간 돌을 깨끗이 씻었다. 나는 돌 사진을 찍고 아랫부분에 '2018년 2월 16일 여주, 설날, 소울 선물'이라 썼다. 손녀의 돌이 돌의 추억을 불렀다.

오래 전, 아들이 초등학교 4학년일 때, 아들의 반 아이들에게 돌 이야기를 했다. 그 해 스승의 날, 나는 일일 교사로 초대를 받았다. 담임선생의 청을 거절하지 못하고 약속을 하고 말았다.

아무런 대책 없이 학교로 갔다. 아침부터 봄비가 내리던 운동장을 가로지르다 비에 젖은 작은 돌 하나를 주워 휴지에 싸고, 다시 그 위를 손수건으로 감쌌다. 아이들은 친구의 아빠가 사진작가라고 해서 잘 생긴 카메라를 가져와서 보여 줄 것이라 기대를 했는데 돌돌 감싼 손수건을 보여 주면서 "이게 뭐지?"하고 물으니 "손수건이요"라고 당장에 대답했다. 그리고는 곧 뭔가 재미난 물건이 나올 줄 알았는데 10분이 넘게 계속해서 "이게 뭐지?"를 지루하게 물으니 "손수건이요"를 계속했다. 하지만, 이미 아이들의 마음은 교실을 떠나 있었다. 교실 분위기를 잘 알면서도 나는 줄기차게 묻고 아이들은 줄기차게 답했다. 그러다가 손수건을 벗기자 하얀 휴지가 드러났다. 아이들의 호기심은 순식간에 돌아왔다.

"이게 뭐지?"

"휴지요!"

나는 묻고, 아이들은 "휴지요"를 반복했다. 그렇게 10분을 더 묻고 답했다. 다시 휴지를 벗기자 아이들의 호기심은 다시 부활하였다.

"이게 뭐지?"

"돌멩이요!"

그렇게 다시 묻고, 답하기를 20여 분을 계속했다. 아이들에게 단순한 것을 반복하는 것은 거의 고문에 가깝다. 교실 뒤쪽에서 강의를 듣고 있던 담임선생도 이미 초탈한 분위기였다. 아이들이 거의 패닉 상태에 빠져 있을 무렵, 수업시간 내내 조용하게 앉아 있던 남자아이가 일어서면서 말했다.

"이게 뭐지?"

"알갱이요!"

그 아이가 "알갱이요"를 말하는 순간, 난장판 같던 교실은 일순 침묵에 빠졌다. 아이들은 알갱이가 무엇을 의미하는지 알았다. 묻고, 또 묻고, 또 묻고 답하던 사이에 아이들은 어떤 강력한 의문을 가지게 되었다. 그 의문이 일거에 소통되는 순간이었다. 나는 분위기를 몰아갔다.

"이것은 알갱이고, 알갱이는 핵이고, 존재이다."

손수건으로 감싼 어떤 것에서 존재로 진화를 했다. 작은 돌멩이 하나에도 세계가 존재하고 있음을 깨닫게 해 주고 싶었다. 정신이 드나들기를 몇 번을 반복했던 아이들은 공감했다.

나는 여세를 몰아서 "창밖을 봐라!" 하자, "와~~~!" 아이들은 함성을 질렀다. 창밖에는 비에 젖은 5월의 푸른 잎들이 가득했다. 그것은 생명이었다.

"옆에 있는 친구를 봐라!"

아이들은 친구의 얼굴을 보고, 만졌다. 눈물을 흘리는 아이도 있었다. 생명이 충만한 시간이었다. 매일 책상 한가운데 휴전선처럼 줄을 그어 놓고 티격태격하던 아이들이었다. 그날 수업의 마지막은 감동이었다. 매우 감동적이었다. 아이들은 눈물을 흘렸고, 뒤편에서 한 시간 동안 모든 과정을 지켜본 담임선생은 미리 준비를 해 두었던 레코드 한 장을 나에게 건네주면서 "태어나서 가장 훌륭한 강의를 들었습니다"라고 덕담을 해 주었다. 강의를 시작하기 전, "강의를 들어도 되겠습니까?" 선생은 물었고, 나는 "좋습니다"라고 했다. 담임선생은 아이들과 함께 지루한 강의를 들었던 것이다. 스승의 날, 일일 교사가 오면 대부분의 선생님들은 자리를 비우는데 그분은 그렇게 하지 않았다. 김덕순선생님이시다. 아마도 은퇴를 하셨을까? 지금 어느 하늘 아래 사시더라도 우리는 닿아 있을 것이다.

1995년 말, 당시 부산에 있던 나의 작업실로 미국 시카고현대미술관에서 두 명의 큐레이터가 찾아왔다. 시카고현대미술관에서 한국현대사진전을 하기 위하여 사전에 작가를 만나러 왔던 것이다. 그 일행과 함께 부산 청사포를 찾았다. 나는 청사포 바닷가에 있던 작은 돌 하나를 주워 선물했다.

"수억 년의 해와 달의 기를 머금고 있다. 내가 줄 것이 이것밖에 없다."

그녀는 고맙다고 하며 미국으로 가져갔다. 오래 전의 일이다.

작은 돌멩이는 오래된 기억 덩어리다. 내가 손녀의 나이였을 때, 돌멩이는 나의 친구였다.

"이게 뭐지?"

"돌이요!"

내가 태어나서 아버지로부터 받은 첫 질문이었다. 아버지는 묻고 나는 답했다. 아버지는 어린 나에게 돌을 들고, 돌을 물었다.

신작로에 널브러진 작은 돌멩이였다. 60년을 돌아서 손녀가 그 돌을 나에게 선물했다.

손녀의 배려심이다.
자연하는 돌에 대한 배려심이다.
나눔이고 감사함이다.

2018년 2월 16일 설날, 세상에서
가장 긴 역사를 가진 선물을 받았다.

낮은
목소리

낮은 목소리를 들었다. 점심을 먹고 소파에서 낮잠을 자는 아빠를 깨우는 손녀의 목소리였다.

"아빠~~~! 소파에서 자지 말고, 침대에서 자~."

낮고 부드러운 목소리였다. 하도 낮은 목소리여서 잠을 깨우는 것이 아니라 오히려 자장가를 불러 주는 것 같았다. 그런데 도대체, 맨정신으로 이해할 수 없는 기적이 일어났다. 코를 골면서 잠을 자던 아들이 어떻게 딸의 목소리를 알아들었는지 벌떡 일어나서 방으로 들어갔다. 기가 막힌 순간이었다.

"우리는 더 재미있게 놀 수 있고, 아빠는 잠을 더 잘 수 있다."

손녀가 아빠를 깨운 이유를 설명했다. 하도 요란스럽게 놀기에 잠자는 아빠를 방해하지 않으려는 손녀의 배려였다.

코끼리는 수 킬로미터를 떨어져 있어도 다른 동물이 들을 수 없는 저주파로 서로 소통을 한다고 했다. 당연히 저주파는 절대 음감을 가졌다는 인간도 듣지 못한다. 아마도 코끼리들이 주고받는 저주파는 마실 나간 새끼 코끼리를 부르는 할미 코끼리의 손녀 사랑일 것이라 상상했다. 아빠를 깨우는 손녀의 목소리가 그랬다.

낮은 목소리는 사랑이다.
사랑이 깊을수록 목소리는 낮아진다.
더 깊은 사랑은 소리하지 않아도 공감하는 일이다.
절대 음감보다 더 깊은 것이 절대 사랑이다.

새끼 코끼리를 부르는 할미 코끼리처럼, 아무도 듣지 못하는 낮은 소리로 깨우지 않으면서 깨우는 비법이 아빠에 대한 손녀의 사랑이다.

소리하지 않아도 들을 수 있는 것이 절대 사랑이다.
낮은 목소리는 사랑이다.
저주파가 멀리 가는 것은 낮기 때문이다.
더 낮기 때문이다.

공감하는
일

2018년 3월 5일, 손녀가 봄 방학을 마치고 다시 어린이집에 가는 날.

"엄마! 오늘만 일찍 데리러 오면 안 돼?"

"그래 오늘만 일찍 데리러 가는 거다."

며느리는 손녀와 서로 약속을 하고 점심을 먹은 후, 평상시보다 일찍 손녀를 데리러 갔다.

그날 저녁 며느리는 손녀에게 물었다.

"소울아! 오늘 왜? 일찍 데리러 오라고 했어?"

"모르는 친구들이 많아서 마음이 슬펐어."

얼마 전, 유치원에서 손녀와 가까웠던 친구가 이사를 갔단다. 친구와 헤어진 공간에서 새 학기가 되어 낯선 아이들과 만나게 되자 낯가림 심한 손녀가 조심스러웠던 모양이다.

당연한 일이지만,
아이의 말을 내치지 않고,
공감해 준 며느리가 고마웠다.

둘은 작은 감정도 버리지 않고,
교감하고 공감하고 서로를 배려할 줄 안다.

여덟 살 소울이 생각, 열

숲속 연못에서 공작새가 물을 마시고 있었어요.
그때 개구리들이 장난으로 던진 돌이 공작새의 가느다란 다리를 '퍽' 쳐서
공작새는 '풍덩' 연못에 빠지고 말았지요.
"으악!"
근처에서 풀을 먹던 기린이 그 소리를 듣고 연못으로 왔어요.
기린은 기다란 목을 물속으로 집어넣은 다음
공작새를 입으로 물어 꺼내주었지요.
"괜찮아?" 기린이 물었어요.
그러나 귀에 물이 잔뜩 들어 간 공작새는 기린의 말을 못 듣고
푸드덕대며 물을 털었지요.
기린은 삐쳐서 어슬렁거리며 가버렸답니다.

보물
상자

"어두워지면 가~~ 그럼, 가져가도 돼."

무심한 듯 손녀가 말했다.

2018년 3월 4일, 새벽부터 봄비가 촉촉했던 휴일이다. 나는 아들 집에 도착하자마자 마음이 분주했다. 호구 조사를 하듯이, 손녀의 박물관을 이리저리 뒤적이는 것을 본 며느리가, "아버님 뭐 찾으세요?" 조심스럽게 말을 건넸다. 며느리는 손녀의 그림을 예쁜 박스에 정리를 해 두었다.

손녀의 시대가 담겨 있는 박스는 유토피아이다.

보물 상자다.

금은보화보다 더 소중한 보물 상자이다.

이미 분위기를 감지한 손녀는 말을 꺼내기가 무섭게 두 팔로 크게 X자를 그었다. 절대로 가져가지 말라고, 선을 그었다. 냉장고

문에 붙어 있는 최근작들은 말도 꺼내지 못하였다. 5년을 넘게 그린 그림들과 사진 자료들은 간단한 것이 아니었다. 며칠 전부터 아내와 나는 "아마도 가져가지 말라고 할 것이다"라고 예상은 했지만, 손녀의 반응은 우리의 예상보다 한참을 멀리 있었다.

손녀와 일단 휴전을 하고 점심을 먹기 위하여 외출에 나섰다가, 다시 집으로 돌아온 나는 손녀와 요란스럽게 하루를 보냈다. 나는 요란스러운 스토리텔러가 되고, 손녀는 주인공이 된다. 하루를 놀다가 뉘엿뉘엿 해가 고개를 넘어갈 무렵 무심한 듯, 손녀가 말을 꺼냈다.

"어두워지면 가~~. 그럼 가져가도 돼."

순간, 미안한 감정이 폭풍처럼 밀려왔다. 손녀의 오브제를 집 밖으로 가져간다는 것은 상상조차 해서는 안 되지만, "이 참에 소울이 자료들 스캔을 제대로 받아 놓자"라고 구실을 찾으며 손녀의 입장을 배려하지 못한 속 좁은 나의 실수였다.

할아버지의 청을 거절했던 손녀는 못내 마음에 걸렸던 모양이다. 우리를 더 머물게도 하고, 할아버지가 원하는 그림들을 내어줄 명분을 찾은 것이다.

손녀는 어려운 협상을 해 왔다.

"어두워지면 가~~."

1998년, 아일랜드의 더블린시티갤러리는 고고학자의 도움을 받아 생전에 프란시스 베이컨Francis Bacon이 사용했던 작업실의 7,000점이 넘는 오브제를 가능한 원형 그대로 옮겨와서 전시를 했다. 베이컨의 스튜디오에 있던 오브제는 그의 모든 것이다. 우리는 더블린시티갤러리에 재현된 베이컨의 스튜디오에서 그의 영혼을 만날 수 있었다. 재현된 스튜디오를 보면서 그가 호흡했던 시공을 상상하는 것은 감동 이상이다. 그러나 고고학자들의 손놀림이 아무리 섬세하더라도 베이컨의 고뇌와 열정, 공기감마저 가져올 수는 없다.

그 공간에는 그 공간만의 독특한 정체성이 있다.
그것들은 영감의 자양분이다.
아티스트가 작업하던 공간에 쌓여 있는 먼지는
그의 영혼의 부스러기이다.
세상에는 언어로 설명하거나 해석할 수 없는 것이 있다.
그것은 그것대로 존재한다.

그럼에도 불구하고, 베이컨의 스튜디오를 재현한 갤러리의 존재감은 절절했다. 그것은 그의 스튜디오가 존재하였기에 가능했다. 나는 그것을 유기하였다. 스튜디오를 열다섯 번 이상 이사를 하면서 많은 것들이 함께 사라졌다. 절절했던 30년의 시공은 먼지처럼 사라지고 오직 필름만 남았다.

연한 초록색 종이 박스는 손녀의 보물 상자이다.

거기에 손녀의 모든 것이 담겨 있다.

언감생심!

손녀의 그림을 몽땅 집 밖으로 가져올 상상을 하다니, 나는 어림없는 할아버지였다.

한 달 남짓, 몇 년을 간단하게 받아 놓았던 소울이 어록을 되새김질하면서 많은 생각을 했다.

그렇게 즐거울 수가 없었다.

추상적이던 행복의 실체가 선명해졌다.

내가 살아오면서 가장 즐거운 시간이었다.

모든 것을 상상할 수 있어~~

"그건 파도야!"

"우와~~, 그렇구나! 그럼 이건 뭐지?"

"그건 모래야."

물고기가 있는 그림이 있었다. 손바닥 반쯤 되는 작은 자주색 종이에 연필로 그린 그림이었다. 나는 묻고, 손녀가 답한다.

며칠 전 저녁 무렵, 며느리가 카톡으로 한 점의 그림을 보내왔다. 아내는 그림을 보자마자 "이중섭 그림보다 좋다" 했다. 어항처럼 생긴 사각의 박스가 있었고, 그 안에 몇 마리의 물고기가 놀고 있었다. 몇 겹의 선 굵은 파도가 있었다.

손녀의 전용 갤러리인 냉장고 문에 붙어 있었다.

감각적인 그림이었다.

휴일 아침, 손녀를 만나자마자 물었다.

"소울아~~~, 그런데 어항에도 파도가 있어?"

순간, 손녀가 멈칫했다.

손녀가 나의 질문에 답을 하지 않은 것은 처음이었다. 늘, 언제나, 무슨 질문을 하더라도 단박에 답을 내어놓던 손녀였다. 나는 손녀가 잠시 말이 얽혔을 것이라 짐작했다.

그렇게 하루를 놀다가 집으로 돌아오는 길, 아내와 손녀의 그림 이야기를 했다. 내 마음에 걸려 있는 것이 있었다. 아내와 이런저런 대화를 하는 순간, 으라차차~~ 어이쿠야~~~ 내가 미처 상상하지 못했던 엄청난 것을 깨달았다. 그것이 손녀가 나의 질문에 답을 하지 못하고 잠시 멈칫거린 이유였다.

이날 아침, 아들 집에서 어항에 있는 물고기 그림에 대하여 손녀와 선문답을 한 후, 5분 정도가 지났을까? 손녀가 아빠와 대화 중인 내 옆을 지나면서 말했다.

"모든 것을 상상할 수 있어~~."

지나듯 뱉은 말이다.

순간, 내가 멈칫했다.

상상이라는 말이 무엇을 의미하는지 물어볼 틈이 없었다.

그 말은 불과 몇 분 전, "어항에도 파도가 있어?"라는 나의 물음에 대한 답이었음을 돌아오는 차 안에서 깨달았다.

손녀의 상상은 바다를 사각으로 잘라온 것이었다.

내가 어항이라 생각한 것은 나의 관념이었다.

손녀의 그림은 어항이 아니라 그대로 바다였다.

색종이를 가위로 오리듯이 바다를 그대로 잘라온 것이었다. 사각을 어항으로 인식한 나의 관념 때문에 손녀가 잠시 멈칫했던 것이다.

어항 안에는 파도가 칠 수 없다는 나의 관념대로,

"어항에도 파도가 있어?"라고 손녀에게 물었던 것이다.

그게 아니었다.

그게 아니었다.

바다를 그대로 가져오면 된다.

바다를 연필로 잘라오면 된다.

내가 미처 상상하지 못한 일이었다. 손녀는 그것이 가능했다. 나의 묵은 관념이 손녀의 상상을 혼란스럽게 했던 것이다. 집으로 돌아오는 길, 나는 깨달았다.

아리~ 아리랑~~ 스리~ 스리랑~~ 아라리가 났네~~ 날 좀 보소~~ 날 좀 보소~~ 날 좀 보소~~ 오동추야 달이 밝아~ 오동동이야~~ 쾌지나칭칭 나네~~ 쾌지나칭칭 나네~~ 와이리 좋누~~ 와이리 좋누~~ 와이리 좋누~~~~~~ 동지섣달 꽃 보듯이 날 좀 보소~~ ~~~ 에헤야 디야~~~ 크 하하하하핳ㅎㅎㅎㅎㅎ

내가 도가 튼 날이다.

바다를 잘라오는 일은 손녀에게는 자연스럽다. 솜털을 간지럽히는 가을바람조차 그냥 보내지 않는 아이다. 손으로 바람을 집어먹던 아이다. 손녀가 하는 모든 말은 의미의 압축이다. 의미가 없는 말은 아무것도 없다. 아내와 나는 그것을 너무 잘 알고 있다. 당연히 모든 것을 상상할 수 있다.

나의 상상계가 무디어졌다. 아내는 "소울이가 하는 모든 말은 그대로 들어야 된다. 절대로 토를 달면 안 된다" 했다. 아무렴, 내가 평생을 노래처럼 했던 말이 아니던가, 아내로부터 호된 질책을 받았다.

나는 오래전, "상상도 존재다"라고 책에 썼다. 모든 것을 열어 놓았다 자신했다. 모든 것에 답할 수 있다 자신했다. 자유하는 상상마저 초월해야 한다 했다. 입버릇처럼 말이다. 그런데 나의 관념이 손녀를 난감하게 했다.

부끄럽다.

바다를 그대로 잘라온 손녀의 상상을 축복한다.

"모든 것을 상상할 수 있다."

손녀가 상상도 존재임을 증명했다.

2018년 3월 10일이다.

슬픔
하다

손녀에게 내침을 당했다. 처음 있는 일이다. 손녀는 우리와 함께 하루를 보내는 날이면 한 치라도 더 놀다가 가기를 바랐다. 헤어질 때마다 늘~~ 마음 아파했다. 그런데 그날, 정색을 했다.

"집에 가."

불과 일주일 전에도 "어두워지면 가!"라고 했던 손녀였기에 집에 가라는 말은 귀에 익지 않았다. 처음 듣는 말이기에 손녀의 속마음을 가늠할 수가 없었다. 듣는 순간에는 아이들 세계의 요상한 자존심이 발동한 것이라 생각했다.

한 일간지 현직 문화부기자가 쓴 에세이가 생각났다. 그녀의 다섯 살 무렵, 외갓집에 잠시 자기를 맡겨 두고 떠나는 아빠에게, "아빠 가도 돼!"라고 했단다. 자신도 알지 못하는 자존심이었다.

아빠는 속마음과 다른 딸의 말을 곧이곧대로 듣고는 무심하게 떠나 버렸단다. 아빠가 떠난 후, 몇 시간을 그렇게 서럽게 울었다고 했다. 그 기자는 생에서 가장 슬픈 날이었다고 추억했다.

손녀가 "할머니 할아버지 집에 가"라고 한 것은, 그 기자의 추억처럼 아이들 시대의 자존심일 것이라 짐작했다.

그래서 몇 번을 더 물었다. 그런데 그것이 아니었다. 손녀는 진지했다. 그래도 다시 물었지만, "할머니 할아버지 집에 가~~~." 했다. 하도 냉정해서 우리는 쫓겨나듯이 집으로 돌아왔다.

우리를 내치기 전, 손녀가 선인장 그림이 있는 치마를 입고 싶다고 하며 안방으로 들어갔다. 아마도 자기가 입고 싶은 치마가 짧아서, 짧은 치마를 입으면 추울 것이라 했을 할아버지의 잔소리가 피곤했을까? 손녀를 염려하는 할아버지의 마음은 하늘을 덮고도 남는다고, 하도 그래서 그랬던가?

언제부터인가? 손녀는 "알았다고~~, 알았다고~~." 내가 말을 채 끝내기도 전에 나의 말문을 막았다.

내치는 이유를 알지 못하는 우리는 손녀에게 다시 물었다.

"할아버지 할머니 집에 가도 돼?"

"그래 가~~."

2018년 3월 10일, 손녀의 속마음을
알지 못한 슬픈 날이다.

비가
물에
젖었네!

4월 첫째 주, 종일 봄비가 내리던 날 오후, 어린이집을 파하고 엄마와 둘이서 집으로 가는 길, 손녀는 연초록 레인코트에 노란 우산을 쓰고 하얀 장화를 신었다. 감각이 뛰어난 엄마를 닮은 손녀는 그날의 분위기와 썸을 탄다. 매일 아침, 집을 나설 때마다 둘은 그날의 패션을 두고 한바탕 논쟁을 벌인다. 예쁜 책가방이 손녀의 등에서 리듬을 탄다. 두 엘사가 춤을 춘다.

"비가 물에 젖었네."

아파트 단지 내 아스팔트에 고인 물 위로 떨어지는 봄비를 만지며 손녀가 말했다. "비가 물에 젖었네," 쉬운 말 같지만, 쉽게 나올 말은 아니다.

눈에 보이는 현상을 그대로 말하는 것이 가장 어렵다. 간단해서 그렇고, 당연한 말이라서 그렇다. 간단하고 당연한 현상은 눈에 잘 들어오지 않아서다.

2007년 나는 『물은 비에 젖지 않는다』라는 제목의 잠언집을 발간했다. 2005년 10월, 뉴욕에서 이듬해에 있을 뉴욕국제사진센터 개인전 준비 작업을 하고 있었다. 뉴욕 센트럴 파크에서 한 컷의 필름에 8시간을 노출하는 '온에어 프로젝트'의 '8시간 시리즈' 촬영 장소를 물색하고 있었다.

가을비가 내리고 있었다. 뉴욕이 21세기 도시 중에서 가장 드라마틱한 도시라면 센트럴파크는 뉴욕을 인간의 도시로 정화시키는 데 중요한 역할을 한다. 호수는 센트럴파크의 서정이다. 가을비는 사람들을 사색하게 한다. 먼 길을 내려온 비는 장엄하게 물이 된다. 비의 열반이다.

가을비가 내리는 호수에 오리가 여유롭게 놀고 있었다. 사람들은 호숫가에서 커피를 마시며 뉴욕의 가을에 젖어 있었다. 아름다운 풍경이었다.

"물하고 비가 무엇이 다릅니까?"

스텝이 나에게 물었다.

"물은 비에 젖지 않는다."

스텝이 다시 물었다.

"물하고 비는 같은 것 아닙니까?"

"너와 나는 같은 인간인데 정체성이 같나?"

이년 후, 그동안 작업을 하면서 주워 담은 이런저런 이야기를 책으로 묶었다. '물은 비에 젖지 않는다'를 책의 문패로 달았다. 많은 사람들이 좋아했던 책이지만, 많은 사람들이 "왜? 물이 비에 젖지 않느냐?"라고 의문했던 책이다.

물과 비는 같다, 물과 비는 다르다. 물과 비의 본질은 같지만, 정체성은 다르다는 말이다. 비가 수직으로 서서 죽거나, 누워서 죽거나, 호수에 떨어진 비가 물이 되었더라도 비의 정체성은 사라지지 않는다. 이를 유여有餘라 해도 좋다. 물과 비는 같으면서도 다르다. 같은 H_2O지만, 정체성은 다르다.

같은 비라도 이슬비와 소낙비의 정체성이 다르고, 가을비와 봄비의 정체성이 다르다. 봄바람과 가을바람의 정체성도 다르다.

당연히 당신과 나는 같은 인간이지만, 정체성은 다르다. 오히려 당신과 나는 적극적으로 다른 인간이어야 한다. 당신과 내가 같은 정체성을 가졌다면 우리는 슬픈 피에로가 된다. 피에로가 슬퍼 보이는 이유는 닮아서다. 탁구공만한 큰 코를 붙인다. 붉은 립스틱으로 과장되게 칠한다. 거기에 마스카라가 흘러내린 것 같은 검은 먹물을 찍으면 너도 나도 피에로가 된다. 슬프지 않더라도 슬픈 얼굴이 된다. 공 굴리며 재미있게 놀아도 슬프고, 줄을 타도 슬프다. 그래서 달라야 한다. 적극적으로 달라야 한다.

나는 인간의 위대함을 '다름'에서 찾는다. 결국 모든 사람은 인간이라는 동질성을 갖지만, 정체성은 다르다. 존재하는 모든 사물이 그렇다. 설사 DNA가 같더라도 정체성은 다르다. 같은 줄기세포를 가진 나무도 정체성은 다르다.

솔숲의 수많은 솔잎들도 그렇다. 솔숲을 지나는 바람은 셀 수 없이 많은 솔잎이 내는 소리로 화엄을 연출하지만, 솔잎 하나가 내는 소리는 모두 다르다. 솔잎 하나는 정체성이 다른 뮤지션이다. 세상에 정체성이 같은 것은 아무것도 없다.

'다름'은 아름다움의 시작이며 존재의 완성이다.
예술의 시작도 '다름'이고, 예술의 완성도 '다름'이다.
우주가 장엄한 이유는 가늠할 수 없는 '다름'으로

가득하기 때문이다.

다름을 존중하는 일은 내가 존중받는 일이다.

다름을 존중하지 않으면 나 역시 존중받지 못한다.

그래야 그대로가 된다.

"산은 산이요, 물은 물이다."

이제 스님의 죽비를 맞지 않아도 된다.

"비가 물에 젖었네."

여섯 살 손녀가 비의 서정을 만져보았다.

같음의 서정을 알았다.

같음은 다름의 시작이다.

같음을 알아야 다름을 알고, 다름을 알아야 같음을 안다.

손녀의 생각이 하도 고와서 누워서도, 길을 걸으면서도, 잠을 자면서도 생각난다.

"비가 물에 젖었네."

대단한 사유의 시작이다.

2018년 4월 7일,
손녀의 선문답을 들었다.

바람
먹다

"바람을 먹어야지!"

2018년 6월 초, 손녀가 차창 밖으로 손을 내밀어 흐르는 바람을 집어먹는 시늉을 했다.

"맛있어?"

"아니 맛이 없어."

아들 내외와 함께 차를 타고 외식을 하러 가던 중이었다. 3년 전, 두 돌을 며칠 앞두고, 말을 하지 못하던 아이가 무심결에 창밖에 흐르는 바람을 손가락으로 집어 엄마에게 먹여 주고 호주머니에 넣어 주었다.

세 해가 지났다.

손녀는 바람의 마음을 간직하고 있었다.

바람의 마음을 아는 것은

내 속에 바람의 마음이 있기 때문이다.
밖에 아무리 아름다운 꽃이 있더라도
내 속에 아름다운 꽃이 없으면 다가가지 못한다.
볼을 간지럽히는 가을바람이 지나더라도
내 속에 바람의 마음이 없으면 손을 내밀지 못한다.

당연히 엄마에게 바람을 먹여 주지 못한다. 바람을 먹여 주는 것은 위대한 재능 기부이다. 인간만이 할 수 있는 아름다운 짓이다. 인간에게 마음은 가늠할 수 없는 무형의 재산이다. 모든 인간의 마음 총량은 지저스와 붓다와 전지전능한 선각자와 다르지 않다. 아이의 마음을 그대로 가지는 것이 지저스이고, 붓다이고, 선각자이다.

그 사이에, 손녀의 말문이 트였다. 수십억 년을 쟁여온 것들이다. 왜, 아니겠는가? 한 인간의 유전자 속에는 모든 인류의 유전자가 다 들어 있다. 영화에서 엘리엇이 ET와 주파수를 맞춰 가듯이 미지의 세계를 찾아가는 것이 일생이다.

손녀는 온 우주에서 나와 가장 죽이 잘 맞는 주파수를 가졌다.

우리의 대화는 어디로 튈지 모른다.

남 보기에는 손녀 폐인 할~배가 정신 줄 놓은 것 같지만, 아니다.
손녀와 대화를 할 때 나는 고도로 집중한다.
대화 중 내 정신이 잠시 외출이라도 하면 손녀는 단박 알아챈다.
입을 닫는다.
나는 손녀의 입이 열릴 때까지 노심초사한다.

세상에서 가장 똑똑한 AI보다 더 민감한 세상이
아이 세상이다.
손녀의 마음을 헤아려야 한다.
마음, 마음을 헤아리지 못하면 마음이 상한다.
상한 마음은 오래 간다.
손녀라고 해서, 아이라고 해서
간단하게 생각하면 큰 오산이다.
아이라서 평생을 가져갈 수 있다.

아이가 바람을 먹었다.

기타가 나옵니다

"기타가 나옵니다~~~!"

뮤지컬의 한 장면처럼 청아한 목소리로 노래를 불렀다. 기타가 나온다 했다. 아내와 나는 섬세하고 민감한 손녀가 초연한 듯 노래하는 모습에 깜짝 놀라고, 깜짝 감동했다.

"기타 안 치면 내가 가져가서 쳐도 돼~~~?"

"예! 아버님 가져가세요."

며느리가 결혼하기 전 치다가 보관해 두었던 기타가 생각이 났다. 손녀가 가지고 놀던 플라스틱 장난감 기타를 만지작거리다 졸지에 생각이 났다. 게으르기가 나무늘보 수준인 내가 제대로 치지도 않을 것이 뻔한 일이지만, 악기를 다루고 싶은 생각에 앞뒤 가리지 않고 가볍게 뱉은 말이다.

몇 년 전, 고가의 드럼을 사서 몇 달을 두드리다가 작업실 창고에 방치해 두었다. 두드려야 사는 드럼은 몇 년째 잠을 자고 있는

데 졸지에 〈아침이슬〉에 〈세노야〉가 부활했다.

며느리가 기타를 찾으러 방으로 들어간 사이 우리의 대화를 듣고 있었던 손녀가 갑자기 두 손을 모으고 소프라노처럼 노래를 불렀다.

"기타가 나옵니다~~~. 기타가 나옵니다~~~."

할아버지가 엄마의 기타를 가져가는 상황을 노래했다.

손녀에게 물었다.

"소울아, 할아버지가 엄마 기타 가져가도 돼?"

"응 괜찮아, 가져가."

짧은 대화지만, 많은 것을 주고받는다.

나는 당장에 기타리스트가 되었다.

"한 번 보고 두 번 보고 자꾸만 보고 싶네. 띤~띠띠띠띠딩~~~~ 모두 사랑하네, 소울이를 사랑하네~~~~."

며느리가 추임새를 넣고, 손녀가 따라 부른다. 우리는 그렇게 난리 블루스를 쳤다.

"다음에 할아버지가 기타 쳐 줄게," 약속하고 기타를 가져왔다.

다음 날 이른 새벽, 잠에서 깬 내가 처음 만난 것은 거실 테이블

위에 있는 며느리의 기타였다. 케이스를 벗기자 케이스에 곰팡이가 가득했다. 저릿했다.

아-뿔-싸!!! 아-뿔-싸~~,　아-뿔-사~~~~!!!!

아이를 키우느라 자신을 가꾸기에 1퍼센트도 짬을 낼 수 없었던 며느리의 시간이 곰팡이가 되어 있었다.

내 생각이 짧았다.

며느리가 다시 기타라도 칠 수 있도록 공간을 만들어 주지는 못할망정 기타를 가져오다니!

한참을 모자란 아비였다.

당장에 곰팡이를 닦고, 깨끗이 손질해서 가져갔다.

내 생각이 짧았다.

"미안하다~~, 쏘리 쏘리다~~~."

2018년 6월 29일,
나 보기가 한심한 날이다.

여덟 살 소울이 생각, 열하나

꼬리가 파란 회색 생쥐들이
생쥐 마을에 모여 살아요.
생쥐 마을에는 돌과 나무, 지푸라기로 집을 짓는 생쥐도 있고,
먹이를 구하는 생쥐도 있어요.
그리고 무거운 것을 대신 들어주어 이웃을 도와주는 생쥐도 있고,
꽃으로 된 놀이동산에서 노는 생쥐들도 있답니다.
모두 자유롭게 하고 싶은 걸 하는
생쥐 마을에는 행복이 가득해요.

할아버지 생신 축하해요

손녀가 직접 만든 생일 축하 엽서를 받았다. 할아버지 이름으로 처음 받아 본 손녀의 엽서였다. 손녀가 세상에 태어나서 처음으로 '할-아-버-지'를 썼다.

손녀가 쓴 '할' 자는 용이 춤을 추는 것 같았다. 한 편의 뮤지컬을 보는 듯했다. 오직 할아버지를 위한 드라마였다. 오른쪽 여백에 예쁘게 하트를 그리고 빨강으로 채웠다. 사랑에 빈틈이 없다.

나는 춤을 췄다.

에헤야디야~~~, 에헤야디야~~~~~! 손녀는 춤추는 할아버지 모습이 귀엽단다.

부디즘에서 '할喝'은 벼락치는 질책이다.

할은 세상에서 가장 큰 죽비이고, 회초리이다.

할은 대 자유이다.

할은 무정형의 형상이다.
할은 추상 너머에 있는 세계이다.
나는 할아버지가 되었다.
할아버지는 할을 머리에 이고 사는 사람이다.
대단한 할을 만났다. 손녀였다.
손녀를 만난 지 다섯 해,
손녀가 태어나서 처음 써 보는 할아버지란 이름이다.
나는 태어나서 처음 받아 보는 할아버지의 이름이다.
낯설고 익숙하다.
오직 할아버지의 이름으로만 만날 수 있는 특권이다.
용이 춤을 추고, 세상이 죽비로 장단을 맞추는 뮤지컬이다.

나는 내 나이를 잊은 지 오래되었다. 내 의지와 무관하게 세월이 알아서 착실하게 카운트를 해 주는데, 수에 약한 내가 굳이 셈을 할 이유가 없었다. 어머님이 살아 계실 때에는 몇 년에 한 번, 어머니께 내 나이를 물었다.

"어머니! 내 나이가 몇이지요?"

"아이고, 야 야! 네 나이도 모르나?"

들으면서 버리지만, 어머니와 대화의 물꼬를 트는 데는 몫을 했다.

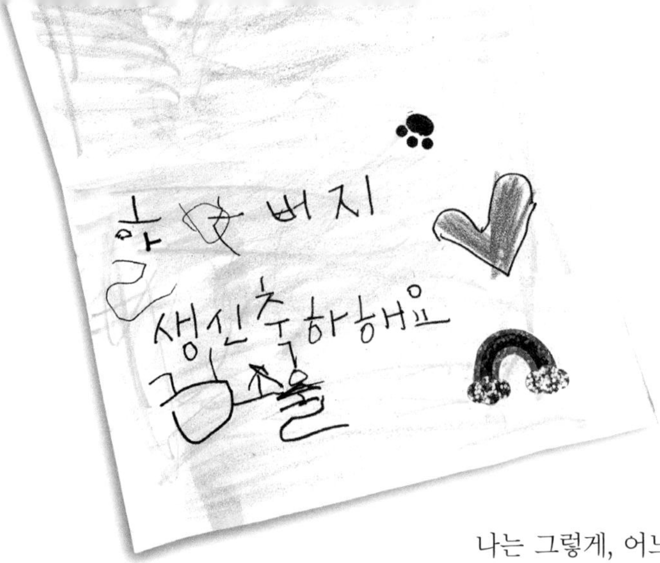

손녀로부터 받은 생일 축하 카드

나는 그렇게, 어느 가을날 할아버지가 되었다. 이제 '할-아-버-지'는 손녀에게 영원히 나를 대신할 이름이다.

손녀를 만난 지 다섯 해, 손녀가 태어나서 처음 써 보는 할아버지다. 낯설고 익숙하다. 그렇게 되었다.

며느리가 잘생긴 운동화를 선물했다.

손녀가 대단한 뮤지컬을 만들었다.

오랜만에 만난 고 선생과 그의 부인께서 맛난 생일 떡을 준비했다.

행복이 넘치는 날이다.

나는 매일 생일한다.

물

"나는

물만 봐도

마음이 평화로워."

엄마와 함께 분수대를 지나던 손녀가 말했다.

대화에서 졌다

손녀가 "대화에서 졌다" 했다.

아들 내외가 새집으로 이사를 한 지 두 달이 지난 2018년 10월 중순, 비슷한 시기에 같은 아파트에 입주하여 같은 유치원에 다니는 또래의 여자아이를 초대했다. 그런데 친구와 한참을 재미있게 놀던 손녀가 갑자기 혼자 창가에 앉아서 시무룩했단다.

"소울아 왜 그래?"

조심스럽게 묻는 엄마에게 손녀는 "대화에서 졌다"라고 짧게 말했다. 며느리로부터 손녀가 "대화에서 졌다"라는 말을 전해 들은 나는 한참을 웃었다. 손녀는 늘 공주이고 예쁜 아이였다. 때로는 공주라고 부르던 사람에게 "나를 평범하게 봐 달라" 했던 자존심 강한 손녀이기에 창가에 앉아서 패배의 상처를 달래고 있었을 손녀의 마음을 헤아렸다.

생에 처음으로 손녀에게 패배를 맛보게 해 준 아이는 위아래로

동생과 언니를 둔 삼 남매 중 가운데 위치한 차녀다. 부모로부터 이유 불문하고 믿음을 더하는 맏이도 아니고, 내리사랑을 받는 막내도 아닌 중간 지대가 차남이고 차녀이다.

중간 지대는 매사에 우선순위가 아니다. 가족이라는 공동체에서 모종의 사건이 발생하면 가장 먼저 타깃이 되는 것도 중간 지대다. 열 손가락 깨물면 다 아프지만, 위아래에 끼인 차순위는 더 아프다. 작은 물건 하나를 소유하기 위하여 쟁탈전을 벌이는 아이들은 어른들이 보기에 하잘것없어 보이지만, 당사자는 삶의 전부이다. 동물은 형제의 난을 통하여 생존의 기술을 터득해 간다.

그렇게 실전 경험이 풍부했을 친구와의 대화에서 온전히 혼자이기에 엄마 아빠 사랑을 독차지했던 손녀의 "졌다"는 당연지사에 가깝다. 그럼에도, 자의식이 강하기로 세상에서 둘째갈 수 없는 손녀가 스스로 "졌다"라고 자인한 것은 대단한 일이다.

나는 평생을 지면서 살아왔다.

타자는 배척하거나 이김의 대상이 아니라고 배웠다.

누군가에게 이긴다는 것은 나의 상상에는 존재하지 않는다. 예나 지금이나 나는 세상에 지는 것에 익숙해 있다. 그러나 장담할 수 있는 일이 있다. 나의 의지와 나의 자존에는 타협하지 않는다.

평생을 예술가로 산다는 것은 세상과의 싸움이거나 타인과의 전쟁이 아니다. 철저하게, 처절하게 나 자신과의 싸움이다. 절망이 수백 번 닥치더라도 의지를 놓지 않았다.

그 이유는 단순하고 명료하다.

나를 이겨야 나를 살린다.

사회적 통념의 나에게 져야 하고,

유일한 정체인 나에게 이겨야 한다.

나를 존중하는 일은 그 일뿐이다.

나를 존중하는 일은 오직 나뿐이다.

내가 나를 존중하지 않는데 누가 나를 존중할 것이며

나에게 진 나를 존중할 수가 없다.

그날 손녀는 "대화에서 졌다"라고 했다.

대단한 일이다.

춤을 출 일이다.

지지 않고 이길 수 없다.

이기는 법은 지는 것에서 터득한다. 그날 이후 손녀는 패배의 이유를 되새김질할 것이다. 손녀는 그런 아이이다. 롤링하고 피칭하듯 흔들려야 존재 가치를 확인하는 자이로스코프처럼 어떤 상황에서도 길을 찾을 것이다. 인식하지 못한 패배의 트라우마는 시간이 더할수록 증식하지만, 자인한 패배는 훌륭한 성찰의 화두가 된다.

성찰은 어른들의 전유물이 아니다. 어른들의 성찰은 까마귀 고기를 먹은 것처럼 내일이면 잊어버리지만, 아이들의 성찰은 평생을 간다. 버릇만 여든까지 가는 것이 아니다.

아이의 시대는 모든 것이 타임캡슐에 남는다. 손녀의 패배를 축복하는 이유이다. 그리하여 봄이 가고 여름이 익을 무렵, 진정한 싸움은 자신과의 싸움임을 알게 될 것이다. 여섯 살 손녀의 '졌다'는 대단한 여정의 시작이다.

여덟 살 소울이 생각, 열둘

용 '소소'가 마법의 구슬을 물고
하늘을 날아가고 있어요.
친구네 집에 가서 구슬로
미래에 만날 소소의 남자친구를
미리 볼 거예요.
'친구랑 미래의 남자친구에 대해
어떤 이야기를 하게 될까?"
생각에 깊이 빠져 있던 소소는
갑자기 바람이 불어오자
깜짝 놀라서 소리를 질렀어요.

"엄마야!"
그 순간 입에 물고 있던
구슬이 나무가 많은 숲속으로
떨어지고 말았지요.
열심히 찾아보았지만,
소소는 구슬을 찾지 못했답니다.
소소는 너무 슬퍼 '엉엉' 울었어요.

사랑하는 일

한 편의 영화를 찍었다.

주인공은 애정이 넘치는 손녀이다. 아내와 나는 따 놓은 당상, 조연이다. 우리는 손녀가 서라면 서고, 앉으라면 앉는 손녀의 밥이다. 그렇게 하루를 손녀와 보내고 헤어져야 할 시간이 다가오면 한 편의 드라마를 찍는다. 밤눈이 어두운 나는 어둡기 전에 길을 나서야 한다. 이미 눈치를 챈 손녀는 조금이라도 붙들어 두기 위하여 이런저런 이유를 가져온다. 길 떠나기 위하여 옷을 챙겨 입자 손녀가 대성통곡을 하기 시작했다. 목소리가 큰 손녀가 제대로 울면 우주가 흔들린다. 앞이 캄캄해진다. 큰 눈에서 수정 같은 눈물을 흘린다.

"저녁 먹고 가!"

"할머니, 할아버지 가고 나면 엄마와 둘만 남는다"면서 크게 울었다. 그 말을 듣고도 그대로 발길을 옮길 할~매 할~배는 세상에 없다.

"그래, 저녁 먹고 가자."

우리는 함께 저녁을 먹고 길게 헤어졌다. 손녀와 헤어지고 집으로 돌아왔지만, "할머니 할아버지 가고 나면 엄마와 둘만 남는다"라는 손녀의 말이 길게 남았다.

"다음에는 아들 집에서 하룻밤을 자고 오자."

아내와 약속했다.

아들 집에서 잠을 자기는 처음이었다. 그렇게 하룻밤을 보낸 다음 날 아침, 손녀가 우리를 깨웠다. 함께 아침을 먹고 차를 마시며 이런저런 대화를 하는 모습은 손녀가 처음 보는 풍경이었다. 식탁에 둘러앉아 대화하고 있을 무렵, 엄마와 아빠 사이에 있던 손녀가 엄마와 아빠의 엄지손가락을 모아서 하나로 만들었다.

"소울아! 이건 뭐 하는 거야?"

"사랑하는 일이야!"

사랑이 넘치는 아이가 엄마와 아빠의 손가락을 묶었다.

2018년 12월 8일,
사랑이 넘치는 토요일 아침이다.

다름에
대하여

곧, 일곱 살이 되는 손녀는 말문을 텄다. 댐이 무너진 듯, 수억 년을 쟁여온 말문이 터졌다.

휴일 오전, 아내의 생일을 하루 앞당겨 아들 내외와 점심을 함께 하기로 하고 아들 집을 찾았다.

그런데 아침부터 소동이 벌어졌다. 때마침, 손녀와 며느리의 기싸움이 절정에 있었다. 이날 아침, 한 판 크게 붙었다. 아이패드에서 유튜브를 계속 보려는 손녀와 통제하려는 며느리 사이에 전쟁이 벌어졌다.

손녀의 주 무기는 왕창 우는 일이다. 손녀의 목소리는 크고 웅장하다. 옆에 할머니와 할아버지가 있으면 최소한 두 옥타브는 올라간다.

"아직 하나도 보지 못했단 말이야!!"

그렇게 엄마에게 땡깡을 부릴 때, 손녀는 옆에 있던 아빠를 힐끔거리지만, 손녀의 절대적 우군인 아들마저 “소울아! 그렇게 고집부리면 아빠도 도와줄 수 없어!”이다. 부드럽지만 단호한 아빠가 우군이 아니란 것을 눈치챈 손녀는 마지막으로 할머니 할아버지에게 애절한 눈빛을 보낸다. 하지만, 며느리가 손녀를 훈육할 때는 통곡을 하더라도 절대로 손녀 편을 들어서는 안 된다는 침묵의 카르텔을 하고 있기에 우리는 손녀의 우군이 될 수가 없다.

보름달보다 더 큰 눈에서 나이아가라 폭포수 같이 쏟아내는 눈물을 보는 할~배 마음은 무너져 내리지만, 애써 애절한 손녀의 시선을 피하며 꿀 먹은 벙어리처럼 말문을 닫고 있어야 한다.

이미 대세를 되돌릴 수 없다는 것을 판단한 손녀는 홰를 치듯이 크게 한 번을 더 울고는 자신의 방으로 들어가서 방문을 걸어 잠그고, 수도승처럼 스스로 마음을 추스른다.

우리는 알고 있다. 한 잔의 커피를 다 비울 때쯤 넌지시 우리 곁에 다가와 어깨를 기댄다는 걸.

손녀의 방은 손녀의 자유 지대, 손녀의 해방구다. 그곳에는 손녀가 위로받을 수 있는 손녀의 애장품들로 가득하다. 손녀는 무엇이 어디에 있는지 일초의 망설임 없이 찾아낸다. 그 방에는 손녀의 그림이 상설 전시되고 있다. 창의성이 뛰어난 손녀의 상상이 빛자루를 타고, 무시로 우주를 왕복하는 우주정거장이다. 빠르면 1주일, 늦더라도 3주일을 주기로 새 작품이 걸린다. 잘 나가는 상업 갤러리보다 작품의 순환이 빠르고, 자유가 무한대인 공간이다. 손녀의 전용 갤러리가 생긴 이후 내가 손녀를 만나는 날이면 가장 먼저 찾는 공간이다. 자유와 창조와 자존이 난무하는 공간, 나는 그곳에서 신세계를 만난다.

이날 아침은 한바탕 크게 전쟁을 치르고, 판교에 있는 레스토랑에서 아내의 생일을 축하하는 점심을 했다. 손녀는 언제 그랬냐는 듯이 즐겁고 유쾌하다. 계속된 추위에 며칠 동안 바깥바람을 쐬지 못하였던 터라 손녀는 하늘을 날 듯 즐겁다.

나에게 안긴 손녀는 "대머리 할아버지~~~!" 장난을 친다. 등이 휘청거렸다. 손녀를 안으며 처음 느끼는 현상이었다. 그 사이에 몰라보게 큰 키에 몸무게가 달라졌던 것이다. 아이는 하루가 다르게 무거워지고, 나의 힘줄은 가늘어진다. 하지만, 이나저나 축복할 일이다.

온 가족이 함께 맛나게 점심을 먹고, 집으로 돌아오는 길, 차 속에서 그렇게 며느리는 손녀와 깔깔거리며 놀다가 손녀가 해서는 안 될 말을 하고 말았다. 이 세상에서 처음 하는 말이고, 다시는 해서는 안 될 말이다.

"엄마가 없으면 좋겠다" 했다.

아침, 아이패드를 보려는 것을 '절대로, 절대로, No!'하던 엄마가 미웠던 감정이 졸지에 말이 되어 튀어나왔다.

"엄마가 없으면 좋겠다고? 엄마를 사랑한다면서 왜? 엄마 말을 안 들어~?"

며느리의 말이 끝나기가 무섭게 손녀는 기다렸다는 듯이 당차게 받았다.

"사랑하는 것과 말을 듣지 않는 것은 다른 거야!"

운전하던 나는 크게 웃었다. 손녀가 내 차를 탈 때는 나는 세상에서 가장 모범적인 운전수가 된다. 손녀는 나의 VVIP이기 때문이다. 평상시에 내가 운전을 거칠게 하거나 신호 위반이라도 하는 날이면 아내는 어김없이 옐로카드를 내민다.

"소울이가 탔다고 생각하세요."

이 한마디에 나는 이유 불문 당장에 운전대를 고쳐 잡고 모범운전수가 된다. 완만했던 정신 줄을 불러들이고 스스로를 질책한다. 그날도 그렇게 나는 운전을 하고, 뒷좌석에서 며느리와 손녀는 깔깔거리며 장난을 친다. 이보다 더 행복할 수 없다. 그런 시간이었다. 점심을 먹고 집으로 돌아가는 짧은 시간이지만, 많은 대화가 오고 간다. 하도 당찬 손녀의 말은 그런 행복에 방점을 찍었다. 나는 속이 뻥 뚫렸다.

"사랑하는 것과 말을 듣지 않는 것은 다른 거야!"

그것은 '다름'에 대한 손녀의 철학이다. 여섯 살 아이가 다름을 완벽하게 인식했다. 2018년 12월 23일 일요일이다.

"사랑하는 것과 말을 듣지 않는 것은 다른 거야!"

일곱 살 손녀의 말은 세상을 통달한 어느 선각자의 말을 닮았다. 이것과 저것은 다르다.

아이의 시대야말로 변별할 줄 아는 시대이다.
위대한 시대는 변별할 줄 아는 시대다.
그것이 아이의 시대이다.
맑은 마음은 변별심으로 작동한다.
그것은 원래 다르기 때문이다.
이것과 저것이 다르고, 너와 내가 다르다.
당연히 사랑하는 일과 미워하는 일은 다르다.
아이의 마음속에 사랑하는 일도 있고,

하고 싶은 본능을 제어하는 엄마를 미워하는 마음도 있다.

그것을 그대로 토해 놓았다.

그것이 위대한 아이 시대이다.

인간의 갈등은 이 지점에서 시작된다. 오른쪽으로 감거나 왼쪽으로 감거나 서로의 다름을 존중하면 갈등은 생기지 않는다. 갈등은 다름을 인식하지 못하고, 다름을 변별하지 못하는 현상이다. 당연히 나와 너, 이것과 저것, 사랑과 미움을 변별하지 못한다.

어른이라서 더 알 것 같지만, 어른이라서 내 것에 더 집착한다. 프레임은 다름을 무리 지어 가두는 이리떼의 습성과 같다. 프레임 속에 갇히면 변별심은 냉궁에 유폐된다. 오직 자신과 조직과 프레임만 남게 된다.

아이가 엄마를 사랑하는 일과 엄마의 말을 듣고 싶지 않은 것은 다른 일이다. 사랑하는 일과 미워하는 일은 다르다. 미움이 있어야 사랑이 완성된다. 사랑은 미움을 먹고 산다.

여덟 살 소울이 생각, 열셋

동물원에 사는 나무늘보가 점심을 먹고 있었어요.

그때, 사람들이 나무늘보를 구경하러 왔지요.

'나도 사람을 가까이에서 보고 싶다.'

나무늘보는 사람들 가까이로 다가가기 시작했어요.

하지만 아무리 최선을 다해 빨리 걸어도 게으름뱅이만큼 느렸기 때문에

사람들은 다 돌아가면서 한 마디씩 했지요.

"움직이면 보려고 했는데, 안 움직이네. 그만 가야겠다."

나무늘보는 그래도 최선을 다해서 걸었어요.

어느새 하늘에 별이 뜨고 새벽달이 뜬 새벽 3시가 되었지요.

"드디어 도착했는데 사람들이 다 가버렸네. 다시 잠자리로 언제 돌아가나……."

나무늘보는 눈물을 펑펑 쏟았어요.

엄마
사랑해요

하루를 놀던 손녀가 조신하게 할머니를 불렀다.

"할머니 이리 와봐!"

할머니에게 글을 써 달라고 부탁했다. 며느리가 잠시 자리를 비운 사이, 할머니에게 부탁했다. 손녀가 불러 준 대로 할머니가 써 준 글을 손녀가 다시 옮겨 적었다. 손녀가 처음으로 쓴 글은 낮고, 높고, 길고, 짧은 한 편의 드라마였다.

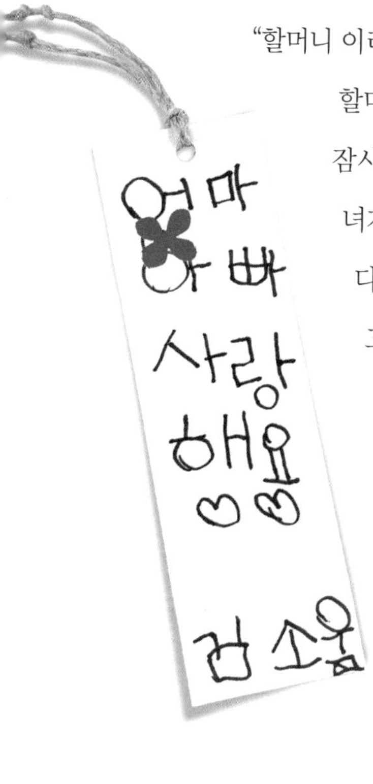

"엄마 사랑해요."

하루 전, 엄마에게 투정을 부린 것이 마음에 걸렸던 모양이다.

2018년 10월 9일, 손녀가 처음으로
자음과 모음을 창제한 한글날이다.

검은
고양이

새집으로 이사를 한 아들 집에는 특별한 공간이 있다. 며느리가 다용도실을 재구성하여 오롯이 손녀를 위한 방을 만들었다. 두 평 반 남짓한 작은 방에는 손녀의 모든 것이 있다. 손녀가 태어나서 처음 입었던 배냇저고리를 비롯하여 손녀가 만들었던 모든 것들이 섬세하게 배치되어 있다. 며느리가 벽에 와이어로 줄을 쳐서 손녀의 그림을 걸 수 있게 했다. 이른바 손녀의 전용 갤러리이다.

손녀가 그린 그림들이 줄지어 기다리고 있었다. 손녀는 신이 나서 차-곡-차-곡 자신의 공간을 설명하였다.

나는 당장에 정신 줄 내려놓고 호들갑스러운 할~배가 된다. 할아버지로 품위를 지키려는 마음은 손녀를 만나는 순간 증발된다.

와이어에 빨래처럼 걸려 있는 여러 작품 가운데 단박에 시선을 끄는 작품이 있었다. 검은 고양이였다. 외곽만 굵은 선으로 드로잉을 했다.

그림을 보는 순간, 나는 다시 말문을 닫았다. 호들갑도 사라졌다. 이사를 하고 손녀의 전용 갤러리가 생긴 후 첫 전시였다. 이름하여 '갤러리 소울' 개관 전이었다.

상상할 수 없는 것을 상상하는 것이 상상의 존재 이유이다.

그때 상상은 현실이 된다. 손녀는 내가 천 번을 태어나더라도 상상조차 하지 못할 것을 드로잉으로 남겼다.

선 굵은 고양이는 내가 본 그림 중 최고였다.

굵은 선만으로 어떻게 그렇게

단순하게 고양이를 표현할 수 있을까?

에 헤 야 디 야~~~~~!

나는 막-춤 한다.

말로 설명할 수 없는 감동이나 말로 할 수 없는 난감한 상황일 때는 춤을 추는 것이 상책이다. 손녀와 나 사이에는 이미 익숙한 레퍼토리다.

검은 고양이, 나를 완전히 압도했다.

2019년 7월 9일이다.

작네,
미니다

"작네, 미니다."

거두절미, 손녀의 말은 심플했다.

일곱 살 손녀가 거실로 들어서면서 말했다. 난감해서 좋았다.

"두 분이 사시기에 적당한 공간입니다."

며느리가 손녀의 말을 받았다.

두 해를 꼬박 집을 지었다. 봄부터 소쩍새가 그렇게 울듯이 오랜 세월 삭혀온 일을 실행에 옮기고 있었다. 땅을 찾기 위하여 강원도에서부터 남해까지 경매가 나온 땅이 있으면, 아! 대한민국, 어디라도 달려갔다.

몇 년 만에 아름다운 땅을 만났다. 주변이 복숭아밭으로 둘러싸인 조용하고 평화로운 땅이다. 기적 같은 일이었다. 당장 계약을 하고 겨울이 가고 얼었던 땅이 녹을 무렵 기초 먹줄을 놓았다. 땅을 매입하고 집을 짓기 시작한 지 해를 넘겼지만, 한 번도 아들 내외와 손녀를 초대하지 않았다. 손녀에게 완성된 모습을 보여 주고 싶었다. 오랜 기다림 끝에 손녀를 초대했다. 손녀가 오기 전날부터 나는 들떠 있었다. 손녀의 반응이 궁금했다.

며칠 전, 이사를 한 날, 아내가 손녀에게 영상으로 새 집을 보여 주자 "보여 주지 마! 직접 볼 거야!" 하면서 시선을 돌렸던 손녀였다. 그렇게 손녀의 관심은 컸다. 나는 손녀의 마음을 안다. 그런 손녀를 위하여 집을 지었다. 누군가는 집 한 채를 짓는 일이 10년을 산 듯 힘든 일이다 하였지만, 어림해서 40년을 산 것 같았다. 건축 비용을 절감하기 위하여 네 동의 건물을 기본 설계에서 시공까지 스스로 건축을 했다. 계약금만 받고 도망을 간 시공업자에서부터 난감한 일이 한두 건이 아니었다. 이래저래 많은 상처를 받았지만, 버틸 수 있었던 이유는 오롯이 손녀 때문이었다.

손녀는 그렇게 특별한 손님이다. 드디어 아들 내외와 손녀가 새 집, 특별한 공간, 〈아르테논Art+Parthenon〉으로 나들이를 했다. 손녀는 차에서 내리자마자 아무 말도 하지 않고 곧바로 집 안으로 들어섰다. 현관문을 열고 집으로 들어서자마자 딱 두 마디를 냈다.

"작네, 미니다."

손녀의 말이 떨어지자마자 우리는 웃었다. 군더더기 하나 없는 완벽하게 맞는 말이다. 집이라고 하기에 너무 작은 공간이다. 전시 공간을 조성하는 데 에너지를 집중하느라 생활 공간을 최소화했다. 언젠가 공간을 확장할 때 거주 공간은 다시 짓기로 했다. 우선 서재 겸 자료실 겸 다용도로 사용할 수 있는 거실 하나에 글을 쓸 수 있는 컴퓨터실과 침실을 묶은 작은 방 하나가 전부인 참 작은 집이다. 이미 몇 달 전부터 "할아버지 집 몇 층이야?" "집이 얼마나 커?" 궁금했던 손녀였다. 할아버지가 지은 집을 직접 보기 위하여 동영상으로 보는 것조차 외면했던 손녀였다.

대략 난감했다.

마치 손녀에게 거짓말을 한 것 같았다.

이렇게 작은 집을 지으면서 호들갑을 떨었으니 말이다.

손녀는 잠시 난감했다가 잠시 적응했다.

작은 공간은 적응을 빠르게 했다.

2019년 8월 17일이다.

고장 난 할아버지

"할아버지는 고장 났어."

"아~~ 하하하항 항 항 항~~~~ 타~~ 타~~ 타~~~ㅍ 아이고~~ 아하항하항!"

"할아버지는 고장 났어!"

60년을 더 살아오면서 이보다 더 통쾌한 일은 없었다. 나에 대한 가장 완벽한 평가였다. 웃다가 숨넘어갈 뻔했다.

2019년 11월 16일 아침, 한바탕 속시원하게 웃었다.

7살 손녀가 말했다.

"할아버지는 고장 났어."

"소울아! 외할아버지는?"

"고장 안 났어."

0.001초의 망설임도 없었다. 내가 생각하기에도 외할아버지는

매사에 한 치 벗어남이 없는 반듯한 분이시다.

자신의 말에 사사건건 엇박자를 내는 나에 대한 손녀의 평가는 통쾌하기 짝이 없었다. 칭찬한 것은 아닌 것 같은데 내가 크게 웃어 젖히자 황당해 하는 손녀의 표정이 재미있어 또 한 번 숨이 넘어갔다.

커 하하 하하하 항 항 항 아이고~~~!

나는 평생을 예술가로 살았다. 작가로 사는 일은 싫든 좋든 비평을 먹는다. 작가는 비평에서 시작되어 비평으로 마감된다 해도 과언이 아니다. 미친놈에서부터 천재까지 참으로 다양한 평가를 받았다. 때로는 과분하고, 때로는 실망스러운 이런저런 평가를 받지만, 세간의 평가는 오직 평자의 철학과 호-불-호에 의하여 편집된다.

손녀는 매우 단순하다.

추호의 망설임이 없다.

명징하고 명확하다.

거두절미하고 본질만 말한다.

단순함의 미학, 단순함의 절정이다.

어떻게 이렇게 심플할 수 있을까? 수잔 손탁Susan Sontag이나 아니면 도통했다는 달마이거나 세상에서 제일 잘났다는 비평가와 선각자를 불러도 손녀의 평을 넘어설 단순함은 없다.

어른들은 생각이 말이 되어 입 밖으로 나오는 순간,
살이 붙는다.
말을 많이 알기 때문이다.
의미를 소통하는 것도 말이지만,
의미를 훼손하는 것도 말이다.
아이들은 다르다.
아이들은 거두절미,
의미의 본질만 말한다.
손녀가 뱉는 말은 그대로 경이다.

나는 손녀가 세상에 태어난 날로부터 옹알이하고, 걷기 시작하고, 말을 하기 시작할 때부터 손녀와 대화를 해 왔다. 말을 하지 못하는 아이와 무슨 대화를 한단 말인가?

아니다.

난감하지만, 우리는 사용 가능한 모든 방법을 동원한다.

손녀가 걸음걸이를 시작할 때부터 우리는 함께 춤을 추었다. 춤은 가장 원시적인 형태의 소통이다. 나는 냄비 뚜껑을 두드리고 손녀는 엉거주춤 전설처럼 춤을 추었다. 손녀가 그림을 그리기 시작하면서 그림은 손녀의 언어가 되었다. 이보다 더 재미있고 창의적인 메시지가 있을까? 그림은 손녀의 마음속으로 들어갈 수 있는 타임머신이다.

"할아버지는 고장 났어!"

내가 평생을 들었던 다양한 말 중에서 가장 나의 자연에 가장 가까운 말이다. 나는 미친놈도 아니고, 천재도 아니고 고장 난 사람이었다. 손녀의 순수성은 어떤 장치로도 계측할 수 없다. AI 할아버지가 와서 청진기를 대더라도 불가능하다.

그런 손녀의 평가이니 나는 고장 난 것임이 틀림없다.

나는 그 고장에서 도망갈 엄두조차 내지 않는다.

평생을 고장이 난 채로 살아왔기에 그냥 그대로 사는 것이 편하다.

고장은 정직한 나의 자연이다. 『고장 난 할아버지』, 이 책의 문패는 손녀가 하사했다.

고장,
전설이
되다

"78수는 꼼수였다."

2019년 11월 27일, AI를 이긴 유일한 인간, 이세돌 은퇴 인터뷰 기사가 떴다. 이세돌은 고백했다.

"신의 한 수로 알려진 78수는 꼼수였다."

제목을 보는 순간, 나는 전율했다.

2016년 3월, 이세돌은 인간 세계를 긴장시켰던 AI와의 다섯 번의 대국에서 허무하게 내리 세 판을 지고 네 번째 대국에서 한 판을 이겨 극적으로 인간의 체면을 세웠다.

그날 이후 AI를 이긴 인간은 없다. 불과 몇 년 사이에 폭발적으로 진화를 거듭한 AI는 인간의 바둑수가 끼어들 수 없는 경지에 이르렀다. 이제 그들만의 리그를 한다. 그 해, 이세돌과 AI의 대결로 인간의 상실감은 컸다. 그러나 큰 상실감 속에서도 인간을 위로하는 거리가 있었다. 그것은 인간이 AI를 이길 수 있다는 여지였다. AI를 이길 수 있는 법은 반상의 룰이 아니라 인간의 고유한 미덕에 있었다. 나는 이세돌의 은퇴 인터뷰에서 그 답을 찾는다.

'꼼수'였다.

이세돌의 고백은 오히려 겸손해서 숭고했다.

나는 이세돌의 꼼수를
AI를 상대로 승을 기록한 유일함을 넘어선
창조적인 메시지로 들었다.
꼼수는 변수의 변종이다.
변수는 상수의 대척점이다.
이세돌은 꼼수를 부리지 않았다.

인간의 바둑 역사에서 신의 경지에 이른 인간의 모든 기보는 AI에게 상수가 된다. 즉, 바둑 기사 AI는 인간 바둑사의 모든 기보를 알고리즘하여 저장하고 있다. 바둑 기사 AI는 상수가 된 기보에서 언제든지, 순식간에 가장 이상적인 수를 가져온다. 초읽기에 몰리지 않고, 감정의 기복 없이 초연하다. 하지만, 인간은 모든 기보를 저장할 수도 없거니와 초읽기에 몰린 상황에서 최상의 수를 불러올 수도 없다. 감정 때문이다. 인간이 AI를 이길 수 없는 결정적인 이유이다.

그럼에도 불구하고 AI를 상대로 인간 이세돌이 이길 수 있었던 수는 변수였다. 알파고는 변수에 대응하는 알고리즘이 없었다. 버퍼링이 생긴 이유였다. 인간의 변수가 상수로 무장한 모범생 AI를 당황하게 만들었던 것이다. 인간에게 감정의 기복이 있다면 AI에게는 버퍼링이 있다.

"78수 이후 알파고가 이해할 수 없는 실수를 한다"라는 그날의 관전평은 변수에 허점을 보인 AI의 약점이었다. 변수는 인간의 고유한 미덕이다. 변수가 선의로 유지될 때 그것은 미덕이 된다.

인간의 역사는 변수의 내레이션이다.

떨어지는 사과를 보면서 만유인력을 발견한 뉴턴이 그랬듯이 거의 모든 과학의 발전은 우연이란 변수에서 왔다. 상수 외 모든 것은 변수이다. 당연히 우연도, 실수도 변수이다.

뉴턴의 만유인력도 변수로부터 시작되었다. 1666년, 유럽에 창궐했던 페스트를 피해 시골에 칩거해 있던 뉴턴은 우연히 떨어지는 사과를 보고 만유인력을 발견했다. 당시 전 유럽을 휩쓸었던 변수, 팬데믹 현상이 역설적으로 뉴턴의 사유를 깊게 하였다.

만유인력은 변수의 절정이다.

떨어지는 사과라는 변수가 변증하여 중력이라는 상수가 되었듯이 그날, 이세돌과의 대전에서 인간의 변수에 당황했던 AI는 곧바로 변수를 상수로 치환하는 대단한 능력을 가지고 있었다. 인간은 이성적인 프로세스를 거쳐 변수를 변증하지만, AI는 모든 변수를 물 먹은 하마처럼 닥치고 상수로 만든다. 이성과는 거리가 멀다.

인간이 변수를 변증할 줄 아는 이성을 가진 창의적인 존재지만, 인간은 같은 실수를 반복하는 요상한 능력도 가지고 있다. 상대적으로 AI는 상수가 된 같은 변수에 두 번의 버퍼링을 하지는 않는다. 인간이 갖지 못한 AI의 능력이다. AI가 곧바로 변수를 상수로 치환하여 업그레이드는 할 수 있지만, 그것은 반성적인 의미는 아니다. 인간은 실수를 인정하고, 반성하고 타산지석으로 삼더라도 언제든지 같은 실수를 반복하고, 거기에 인간은 뇌 용량을 AI의 딥 러닝처럼 폭발적으로 가용하지도 않는다.

이것이 인간이다. AI는 이런 인간의 한계를 보완하기 위하여 인간에 의하여 창조되었다. AI는 인간의 자식이다. 이제 인간의 변수에 의하여 창조된 AI는 인류사의 상수가 되었다.

AI에 비하면 상대적으로 한계를 가질 수밖에 없는 인간의 저장 능력과 연산 능력이지만 그렇다고 이런 능력이 인간의 조건을 한계 짓는 것은 아니다. 이세돌의 은퇴 인터뷰 기사를 보던 이른 아침, 기분 좋은 충격을 받은 이유는 2016년, 인간과 AI의 최초의 바둑 대결에서 풀리지 않았던 의문을 풀었기 때문이다. 인간 이세돌이 계속해서 AI에게 패한 이유보다 AI를 이길 수 있었던 이유가 궁금했던 터였다.

이날 아침, "꼼수였다"란 활자를 보는 순간, 만유인력이라도 발견한 듯한 충격으로 다가왔다. 이세돌이 겸손하게 꼼수라 말했지만, 그것은 이세돌식의 표현이다. 변수는 창의적 돌연변이다. 상식에서 새로움이 나오지 않듯이 상수에서 창의적인 것은 생산되지 않는다. AI도 상식 밖에서 와서 상식이 되었듯이 새로움은 상식 밖에 있기 때문이다.

인간이 AI를 만든 것도 변수에서 시작되었듯이 상식 밖으로 가는 길은 고장에서 시작된다. 그러나 정상적인 인간이 상식이라는 온전한 테이블을 벗어나는 일은 쉽지 않다. 모든 것의 대명사인 상수는 스스로 모험을 하지는 않는다. 모험을 할 이유가 없기에 그렇고, 상식이라는 테이블 밖으로 나가는 일은 필연적으로 상처를 받기 때문이다.

그래서 상식을 벗어나기 위해서는 질끈 눈이라도 감아야 한다.

고장이 나야 한다는 의미이다.

낮에 별을 보기 위해서는 벽에 머리라도 부딪쳐야 하듯이 고장이 나지 않으면 일부러 고장을 내야 한다는 것이 나의 지론이었다.

모든 사람들이 고장 나지 않으려 노심초사할 때
나는 상식에서 벗어나려고 노심초사했다.
나의 모든 것은 나의 고장에서 시작되었다.
고장은 나의 자연이다.

7살 손녀가 그것을 말했다.

뭐가
들어가서
고장이
났을까?

손녀의 시선이 '고장 난 할아버지' 원고 뭉치를 스쳤다.

2021년 6월 10일 토요일,

오랜만에 손녀를 아르테논에 초대했다.

우연히 표지를 본 손녀가 혼자 중얼거렸다.

"뭐가 들어가서 고장이 났을까?"

오랜만에 한바탕 찐하게 웃었다.

2021년 6월 10일이다.

여덟 살 소울이 생각, 열넷

베타 '베티'가 그물에 걸린 줄도 모르고 쿨쿨 자다가 눈을 번쩍 떴어요.
'헉! 그물에 걸렸잖아!' 베티는 마구 헤엄을 쳤지만 빠져나갈 수 없었어요.
그러다 그물에 난 큰 구멍을 발견했지요.
"저기다!"
베티가 구멍으로 '슝' 빠져나가다가 꼬리가 걸렸어요.
베티는 꼬리를 마구 흔들었어요.
'빠져라, 빠져라!'
그때 그물에 갇혀 있던 다른 물고기가 베티의 꼬리를 '팡' 쳐서
그물 밖으로 '퐁' 튀어 오른 베티는 자기 집으로 '퍽' 떨어졌어요.
집은 와르르 무너져 버렸지요.
'아, 언제 다시 짓지. 본드 일 억 개는 사야 되겠다.'

인간이기 때문이다

#장면 하나

헵타포드-B는 외계인 헵타포드의 언어이다.

헵타포드는 영화 〈컨택트 2016Arrival〉에서 지구인들이 이름을 준 외계인이다.

7개의 다리를 가진 문어를 닮은 형상으로 2차원 스크린에 투사된다. 다리에서 먹물 같은 물질을 뿜어 삼족오를 닮은 그들의 언어 헵파포드-B를 만든다. 언어학자인 주인공이 헵파포드-B를 해석하는 것이 영화의 줄거리다.

"미래를 안다면 미래를 바꿀 것인가?"

근본적인 질문을 남긴 채, 헵타포드는 3000년 후를 기약하며 외계로 돌아간다.

#장면 둘

2010년, 강원도 인제 숲속에 2년 동안 빈 캔버스를 세웠다.

자연이 그림을 그렸다.

싯다르타가 붓다가 된 인도의 보드가야 마하보디 대사원, 칠레의 아타카마 사막, 동양 사상의 발원지인 중국의 허난성, 원자 폭탄이 떨어진 히로시마, 땅속, 바닷속 등 세계 여러 곳에 캔버스를 세우고 회수하기를 12년째 반복하고 있다.

모든 곳의 캔버스에는 모든 흔적이 남았다.

자연은 사물과 사건의 총체이다.

기-운-생-동하는 자연이 그린 그림은 캔버스란 사물에 남은 물리적 사건의 흔적이다.

낱낱이 해석할 수 없지만, 낱낱이 감동적이다.

#장면 셋

손녀가 태어나서 처음 글을 썼다.

"그게 뭐지?"

"응! 소울이에게 쓴 편지야! 소울아! 고마워하는 거야."

2018년 1월, 여섯 살 초입에 든 손녀가 자신에게 쓴 편지라 했다. 글을 쓸 줄 모르는 아이가 손바닥만한 종이에 연필로 정성을 다해 썼다. 계측할 수 없는 사랑의 깊이를 암시하듯이 도대체 한 획도 해석이 불가한 그림 같은 메시지였다. 내용은 알 수 없지만, 기적 같은 상식이 일어난 이유는 아이가 인간이기 때문이다.

우주의 모든 것에는 고유한 시간이 있다. '고유 시간proper time' 또는 '참 시간'이라 한다. 나는 '모든 사물과 모든 현상에는 고유한 정체성이 있다'로 의미 짓는다. 우주에는 '같은 공간, 같은 시간, 같은 위치, 같은 높이'란 개념은 없다. 이는 물리적으로 그렇고 개념적으로 그렇다. 큰곰자리인 북두칠성은 지구에서 본 모양이지, 화성이나 안드로메다에서 보면 곰을 닮지 않을 것이다. 우주의 모든 공간의 위치와 모양이 다르고 정체성도 다르다는 의미다. 이것이 우주의 본질이다.

참으로 소중한 것은 온 우주에서 보면 작은 먼지 크기에 불과할 지구도 우주의 일부이다. 당연히 지구인도 우주인이다. 그렇지만, 같은 인간들이라도 소통도 사건마다 다르다. 완전한 소통은 불가하다. 거기에 인간과 자연의 소통은 거의 모든 사건마다 시비가 붙는다.

이 글을 쓰는 이 시간, 세계는 코비드-19란 듣지도 보지도 못했던 바이러스의 창궐로 큰 혼란에 빠져 있다. 팬데믹 현상이다.

지난 2021년 12월 25일, 우주로 쏘아 올린 제임스 웹 우주 망원경은 저 깊은 우주의 속사정을 헤아리고 우주 생명체의 존재 여부를 확인하기 위해 인간이 만든 인류의 눈이다. 밝기가 허블 망원경의 100배가 넘는다 하니 상상만으로 우주가 밝아지는 기분이다. 인간의 지능이 참, 대단하다는 말밖에 더할 언어가 없다.

이런 대단한 인간의 시대에 눈에 보이지 않는 작은 바이러스가 지구라는 자연을 지배하고 있다. 인간 세상은 몇 년째 아예 숨이 막혀 있다. 한국의 최고 명문 대학과 미국, 영국의 최고의 명문 대학을 나온 엄청난 스펙에 대단한 문화 권력을 가진 가까운 지인이 코비드-19에 감염된 지 일주일 만에 에크모를 쓰고 유명을 달리했다. 허망했다. 최소한의 인간적 예의조차 나눌 틈도 없이 한 줌 재로 사라졌다. 만물의 영장이라 자부하던 인간은 만물의 영장이 아님을 숨 막히며 깨달았다. 그 깨달음의 실체가 무엇일까? 자연이다. 자연을 이해하고, 자연과의 완전한 소통은 불가하다는 깨달음이다.

인간은 하루 뒤의 미래를 알지 못한다. 인간의 미래가 죽음이라는 진리를 이미 알더라도 그 미래를 바꾸지 못하는 것은 역설적으로 인간은 미래를 알지 못하기 때문이다. '앎'은 모름을 포함하고, '모름'은 앎의 정체를 공고히 한다. 여전히 삭막하고 난감한 시대, 온 인류를 위로할 거리를 찾는다.

1977년 9월 5일, 지구를 떠나는 보이저 1호에 지구 생태계를 촬영한 사진 118컷과 55개국 언어로 된 인사말, 인류가 만든 27곡의 음악을 12인치 골든 디스크에 저장한 '지구의 소리The Sounds of Earth'를 실어 보냈다. 우주에서 마주칠지도 모르는 외계 문명에 보낸 지구인들의 메시지였다. 설사 외계인이 지구인이 보낸 메시지를 알아듣지 못할 확률이 100퍼센트를 넘더라도 '지구의 소리'를 보낸 이유는 우리가 인간이기 때문이다.

장면 하나에 등장하는 헵타포드는 지구에 온 손님이다. 헵타포드가 지구란 별에 온 손님이라 해서 지구인을 주인공 혹은 진경으로 설정하는 것은 조심스럽다. 상대적으로 스크린에 나타난 외계인을 실경으로 인식하는 것도 조심스럽다. 감동하고 반응하는 것에는 주인과 객이 따로 있지 않고, 진경과 실경이 따로 있지 않다. 헵타포드 혹은 상상을 초월할 외계 문명의 지구 방문은 언제든지 가능하다는 의미이다. 어쩌면 외계 문명은 이미 언택트로 우리와 함께하고 있는지 모를 일이다.

헵타포드의 지구 방문 이야기, 캔버스에 자연이 그린 그림의 전설, 글을 모르는 손녀가 생애 처음 쓴 언어를 우주 질서에 대입하면 명함도 내지 못할 작은 사건이다. 그래도 셋은 그물코처럼 얽혀 있다. 세 가지 유형 중 어느 하나를 추적해도 결국은 서로 연결되어 있음을 깨닫게 된다. 모든 것은 그물처럼 얽혀 있다. 이것이 우주 질서이다. 그래서 결국 모든 유형은 소통이 가능할 것이란 긍정적 의지를 갖는다.

소통이 가능할 것이라고 믿는 희망적 근거는 무엇일까?

손녀 폐인의 '묻지 마'식 내리사랑일까?

내 철학에 대한 무한 긍정의 소산일까?

아니면 괴델Kurt Godel의 언급대로 앎과 모름의 정체일까? 괴델은 "모든 수학적 체계 안에는 증명될 수 없는 진리가 포함되어 있다"고 증명한 바 있다.

무리는 없지만, 그것만으로는 부족하다.

나는 보이저 1호에 지구인이 만든 27곡의 음악을 실어 보낸 인류사적 사건에서 희망을 찾는다. 인간이기 때문이다. 인간의 감동이 외계인의 감동과 연동할 것이란 믿음을 갖는 것은 우리가 인간이기 때문이다.

꼬불꼬불, 뒤뚱뒤뚱,
해석이 불가능한 이상한 글이
사랑의 정체임을 깨닫는 것은
우리가 인간이기 때문이다.

헵타포드가 던진 3000년 후의 화두는 언젠가 지구인과 외계 문명이 소통 가능할 것이란 긍정적 메시지이다. 보이저 1호에 지구인의 소리를 실어 보낸 이유와 같은 맥락이다.

내가 평생을
작업하는 이유이고,
사유하는 이유이고,
존재하는 이유이다.
손녀와의 대화를 책으로 묶은 이유이다.

우리는 인간이기 때문이다.

책을 닫습니다

"왜? 힘들게 작가로 사세요."

농담처럼 진솔하게 묻습니다. 평생을 작가로 살면서 가장 많이 들었던 말입니다. 인간이기 때문입니다. 하나도, 둘도, 셋도 인간이기 때문입니다. 내 작업이 세상 사람들과 소통하지 못하더라도 작업을 계속하는 이유입니다. 손녀와의 대화를 책으로 묶는 이유입니다.

인간이기 때문입니다.

내 인생의 화룡점정입니다. 손녀와의 만남입니다.

마음은 여전히 청춘인데 어느새 할아버지 위치에서 손녀의 어록을 받아썼습니다.

손녀가 하는 말 한마디 한마디가 자연이고, 철학이고, 우주였습니다. 그렇게 재미가 있습니다.

약간은 구닥다리인 할머니와 할아버지를 최신식 버전으로 업데

이트를 해 줍니다. 손녀를 만나기만 해도 자동으로 업데이트가 됩니다. 우리는 손녀의 의식을 따라갈 수 없습니다. 진화의 속도가 너무 빨라서 그렇습니다. 손녀가 툭 던진 말은 며칠을 복기해야 어렴풋이 해석되고, 익은 감 떨어지듯 신천지가 열립니다.

세상을 많이 산 사람들과의 대화는 늘 조심스럽습니다. 세상을 오래 경험했으면 더 여유로워야 하지만, 실상은 그렇지 못합니다. 저놈이 내 곳간을 탐하는 것은 아닌지? 말 속에 무슨 함의가 없는지? 정치적인 복선은 없는지? 책잡히지는 않는지? 신경을 곤두세웁니다. 그래서 말 한마디 잘못하면 공든 탑 무너지듯 도로 아미타불이 됩니다. 어른들과의 대화는 시간이 지날수록 더 복잡합니다. 그래서 나이가 들수록 새로운 사람들과 관계하기를 꺼려합니다.

아이들은 다릅니다. 모든 것을 그대로 받습니다. 아이 시대에 가까울수록 창조적 스펙트럼이 넓어집니다. 그대로 야훼이고, 붓다이고, 천사입니다. 아무리 생각을 다시 해도 아이들이 야훼이고,

붓다이고, 천사입니다. 이 책의 여러 곳에 등장하는 야훼와 붓다와 천사는 절로 나온 말입니다.

아이들은 사유할 틈이 없었습니다. 성찰할 틈이 없었습니다. 역설적으로 그 틈이 아이들입니다. 그런데 세상을 오래 산 어른보다 더 여유롭습니다. 아이들의 말마디는 그대로 선禪의 경지입니다. 아이들이 뱉은 말은 되새김을 오래 할수록 더 깊어집니다.

'고장 난 할아버지'는 손녀가 태어나서 여덟 살 초입까지의 기록입니다.

손녀는 나의 선생입니다. 손녀를 만난 것은 내 인생에서 가장 큰 축복입니다. 내 인생의 화-룡-점-정입니다. 하루가 다르게 커 가는 손녀를 지켜보면서 제대로 공부를 하고 있습니다. 매일, 매 순간, 새로운 세상을 열어 가는 손녀를 보면서 깜짝 놀라고, 깜짝 깨우칩니다.

삭막하고 난감한 시대입니다. 손녀는 초등학교란 아름다운 시절을 2년이나 마스크를 쓴 채 보냈습니다. 담임선생님의 얼굴도 기억하지 못하는 난감한 시대입니다.

나를 돌아볼 시간입니다. 잠시라도 좋습니다.

손녀의 시대, 아이의 시대를 공감하고 추억하기를 희망합니다.

나는 손녀의 충직한 승지이자 사관임을 자랑합니다.

손녀의 세계를 존중하고 사랑합니다.

축복합니다.

2022년 4월,

소울 할아버지 아타 씁니다.

고장 난 할아버지

지음 | 김아타 · 김소울

초판 1쇄 발행일 | 2022년 5월 25일

펴낸이 | 신난향
편집위원 | 박영배
펴낸곳 | (주)맥스교육(맥스미디어)
출판등록 | 2011년 8월 17일(제2022-000038호)
주소 | 경기도 성남시 분당구 정자일로156번길 12, 1503호(정자동, 타임브릿지)
대표전화 | 02-589-5133 팩스 | 02-589-5088
홈페이지 | www.maxedu.co.kr

기획 · 편집 | 김소연
디자인 | 이지안
영업 · 마케팅 | 백민열
경영지원 | 장주열

ISBN 979-11-5571-906-0 (03810)